JN319339

新潮新書

俵 万智

TAWARA Machi

短歌のレシピ

511

新潮社

はじめに

「短歌の上達方法は？」という質問をよくされる。もちろん早道や抜け道などなくて、地道な継続こそが力なりだ。たくさん読んで、たくさん詠む……シンプルではあるが、これしかない。「読む」と「詠む」を続けていくなかで、定型というものが窮屈な制約ではなく、自分の心を盛るのにちょうどいい器として感じられてくることだろう。

ただ、「たくさん詠む」のほうを自己流でやっていると、どうしてもクセがついてしまうことがある。多くの人が陥りやすい落とし穴のようなものを知っていれば、無駄な回り道はしなくてすむ。だから本書は、「キケン！　こんな落とし穴がありますよ」という落とし穴集のような一面を持っている。

もう一つの重要な側面は「便利！　こんなレシピがありますよ」と言えばいいだろう

か。表現を実現するための手段は、たくさん持っていたほうがいい。伝えたい思いを料理の素材とするならば、それをどんな調理法で出すのが一番おいしいのか……。なんでも炒めて塩コショウ、というのではつまらない。素材の持ち味を生かすためには、さまざまな道具を持ち、調理法を知っておくことが大切だ。そのレシピ集が本書と言ってもいいだろう。

添削されてもいいという前提で、季刊誌「考える人」に、多くの人が作品を寄せてくれた。それらがなかったら成り立たない一冊である。落とし穴の例になってくれたり、調理法を伝える素材になってくれたり。歌を提供してくれたみなさんに、心から感謝したい。各講の最初に掲げてあるのは、寄せられた作品から選ばれた優秀作だ。鑑賞文は「読む」の参考にしていただければと思う。

短歌の現物（というのも、ちょっと妙な表現かもしれないが）が提供されたおかげで、落とし穴や素材の調理法を、とても具体的に示すことができた。

「短歌は、たった一文字で変わる」とだけ言われても、そんなものかなと思うだけだろう。が、実際に一文字だけ違う短歌を並べてみれば、その言葉の意味がリアルにわかる。

「比喩が大事」「言いたいことを言いすぎない」「動詞に工夫を」……すべて、ごもっとも。が、お題目を唱えているだけでは、前に進まない。それをどう実践するか、そこのところを仔細にお見せするには、「添削」という方法が、わかりやすく有効だ。

私が人のものに手を入れるから「添削」となるが、自分の作品にこれをすることを推敲という。本書を、ぜひみなさん自身の推敲に役立ててもらえたら、と思う。我ながら、かなり踏み込んで手の内を見せたなあというのが、まとめ終えた実感だ。

もちろん、私が手を加えられるのは「言葉」の部分に限られる。以前、新潮新書『考える短歌――作る手ほどき、読む技術』の中で「短歌は、心と言葉からできている。(中略)心の柔軟体操のほうは、各自でお願いいたします」と書いた。つまり他人が手伝えるのは、あくまで言葉の側面だ。

言い方を変えると、「何を」「どう」歌うかで短歌は決まるのだが、本書は「どう」の部分にスポットライトを当てている。「何を」歌うかは、人それぞれの生き方とさえ言えるので、そこには踏み込めない。

ただ、短歌を作りつづけること自体が、心を耕してくれる、ということはある。「何を」の部分について、心を敏感にさせてくれるのだ。それは、短歌の大きな魅力の一つで、私もそのおかげで、人生を豊かにしてもらったな、と思う。

最後に、定型についての、こんな一首を紹介しよう。

定型は人をきびしくするものか　しばらく思う　甘えさすもの

岡部桂一郎

二十代で短歌を作りはじめた歌人が、九十代で詠んだ歌である。定型への信頼感と、定型によりかかってはいけないという戒めと。なかなかこれほどの境地にはたどりつけないが、作歌を継続し、まずは定型に甘やかされていると感じられるところを目指してみよう。

つまり定型とは、表現の相棒なのだ。

短歌のレシピ●目次

第1講

味覚に訴えてみよう
擬音を生かそう

【優秀作】

コットンに染みこんでいく乳液のように気持ちが伝わればいい

高松市　真名

【鑑賞】

素直な上の句の比喩が、まさにそのように心に染みこんでくる。当たって砕けるのではなく、じんわり恋をしていたいという気持ち。一日の終わり、顔の手入れをしながら、そっと好きな人を思う……そんな場面が思い浮かぶ。

添削1――味覚に訴えてみよう

『友達ニ出会フノハ良イ事』（ながらみ書房）という歌集のなかに、味覚に訴えつつ、情景や思いを伝えるという手法が、とても効果的に使われている歌がたくさんある。

頰ばればほのなまぐさくほのあまく愛国心のごとき雲丹かも

矢部雅之

「愛国心のごとき」という表現になってはいるが、これは「愛国心とは、この雲丹《うに》の味わいのようなもんだよなあ、ちょっとなまぐさくて、ちょっと甘い」という歌である。ただ、雲丹のごとき愛国心、としてしまうと、雲丹の実体が感じられず比喩が弱くなってしまう。そこで、雲丹を実際に食べている場面のなかで「愛国心」を思う、というしくみにする。結果、読む人の味覚に迫るぶん、比喩もリアルに感じられる、というわけだ。

「愛国心」というような抽象的な概念を歌にするのは、かなり難しい。「味覚」という日常的で、誰の生理にも訴える比喩を用いることは、そこに、確かな手ざわりを与えてくれる。

もちろん、その比喩は的確で、広がりのあるものでなくてはならない。たとえば雲丹には「ある人にとっては、このうえなく崇高なものだが、ある人には、別に、どうってことない、なくても生きていけるもの」というようなニュアンスもあるだろう。

ぐりぐりり朝の納豆こねまはし雄よ孤独は永久《とは》に研ぐべし

酔ふ指が骨を抜くとき鮎の身のほろんとくづる　ほろんとかなし

この二首も、同様の手法だ。「孤独を研ぐ」「ほろんとかなし」とだけ言われても、抽象的で主観的で、いまひとつピンとこない。

が、「納豆をこねまはす」「鮎の身が崩れる」というのなら、誰もが「ああ」と思い浮かべることができる。ここがポイントだ。

一首のなかに、抽象的な概念を持ち込みたいときには、これはかなり役に立つ方法なので、知っておいて損はない。歌としても、ただ抽象的なだけのものや、ひたすら具体的なだけのものより、ずっと魅力的になる。

笑えるね黄味と白身が分離したスクランブルエッグミニトマト添え

松戸市　坂田朝徳

初句の軽快な口語が印象的だ。「黄味と白身が分離したスクランブルエッグ」という素材も、はっきり目に浮かぶ。これにトマトを添えて、ただ笑うだけで終わらせてしまうのは、惜しい。これほど具体的なイメージが提示できれば、あとはかなり主観的な言葉がきても、支えてもらうことができるだろう。

笑えるね黄味と白身が分離したスクランブルエッグいまの僕たち

実は、この歌は、失恋の歌の連作のなかにあった。なので、その連作単位でまとめて読むならば、もとの歌のままでも、これが二人を暗示していることは伝わってくる。が、一首を独立したものとして羽ばたかせるには、やはり一首のなかで、失恋の歌とわかるようにしたほうがいいだろう。

君と飲むトムヤムクンの辛さにも想いの痛みを重ねてみたり

国分寺市　小林さやか

上の句で示されたトムヤムクンの「辛さ」(これが、ツラさとも読めるのがいい)を恋の痛みに重ねるという基本方針は、これでいいだろう。が、下の句は、あまりにそれを素直にやりすぎて、この手法が透けて見える残念さがある。

君と飲むトムヤムクンがいつもより辛い夕暮れ、週末の恋

このように、もう少し飛躍があったり、抽象的であったりしても、大丈夫。そのほうが、歌もおもしろくなるだろう。

添削２――擬音を生かそう

擬音とは、犬がワンワン吠えるとか、雨がザーザー降るとか、現実の音を言葉で写しとった表現のことを言う。「〇〇のような音」といった言い回しよりも、ダイレクトに音をつかまえた言い方なので、うまくいけば迫力のある表現になる。

が、例にあげたような、犬がワンワンとか雨がザーザーといった慣用的な使い方では、これはほとんど意味がない。

歌に詠みたいほどの雨が、ザーザーなんて平凡な音であるはずがないだろう。

自分なりの擬音を創造したり、すでにあるものでも、斬新な使い方をしたり。そういった工夫はもちろんだが、今回はその擬音を生かすポイントを、もう一歩踏み込んで考えてみたい。

体ごとぶつかり響く太鼓音カッカドンドンカッカドンドン

横須賀市　今福千恵子

下の句を、すべて擬音にした一首。オリジナルの擬音が、太鼓の音をうまくとらえていて魅力的だ。

が、上の句が「これから太鼓の擬音が出ますよ〜、下の句は音の表現ですよ〜」という予告と説明に終わっているのが、もったいない。太鼓という語がありさえすれば、下の句がその音であることは、充分にわかるだろう。

できれば、「響く」という語は削ったほうがいい。擬音を生かすのであれば、それは言わずもがなの言葉になってしまうから。

体ごとぶつかる太鼓の音が好きカッカドンドンカッカドンドン

さらに「音」を削ってしまってもいい。

体ごとぶつかる太鼓が吾を燃やすカッカドンドンカッカドンドン

このほうが、より擬音の個性がひきたつのではないだろうか。

スコーンスコーン暑さ突き抜け球の音　蟬の声止み男とふたり

大和市　小森敏弘

これも「スコーンスコーン」という擬音が、勢いよく飛んでゆく白球の様子を、気持ちよく伝えてくれる一首だ。蟬の声が止んだ静寂というのも、音を強調するのに、とても効果的な取り合わせになっている。

しかし、「音」という語は、やはり言わずもがなだろう。それと、最後の「男とふたり」が、やや唐突な感じがする。ドラマ性を感じさせる登場人物だが、この字数では、おさまりきらない内容のようなので、どうしてもという場合は、もう一首作ったほうがよさそうだ。ここは、「音」のドラマに絞って表現してみたらどうだろうか。

蟬の声止む昼下がりスコーンスコーン暑さ突き抜けゆく球がある

まず蟬の声を止めて、じっとりとした暑さを示し、そこに「スコーン」をもってくる。このことによって、音の爽やかさも、よりいっそう感じられるのではないだろうか。

第2講

時には荒療治を試してみよう

「あの」って、どの？　と言われないようにしよう

【優秀作】

ここにいる理由を探す窓際に迷うことなく咲くハイビスカス

周南市　天野もこ

【鑑賞】

窓際には、「窓際族」のようなニュアンスも込められているのだろう。自分の居場所のなさを感じる作者に対して、誇らしく咲くハイビスカスの花が、印象的だ。ハイビスカスは字余りだが、他の花にはない堂々とした姿がよく、必然性が感じられる。

添削１——時には荒療治を試してみよう

たった一文字を変えるだけでも、一首がぐんとよくなることは多い。三十一文字の一文字一文字に神経を使うことは、とても大切だ。が、あまり目を近づけてばかりいると、かえって見えないこともある。時には歌を遠いところから眺めて、えいやっと大胆に削ったり、言葉を入れ替えたりすることも必要だ。

今回は、そんな「えいやっと」のなかでも、特に大胆な方法をご紹介しよう。この方法のためには、二首以上の短歌が必要だ。Ａという歌の上の句と、Ｂという歌の下の句とを繋げて、それで一首にしてしまうという方法である。Ａという歌の下の句に、Ｂという歌の上の句を乗せてみても、いい。

上の句と下の句とが、あまりに理屈で繋がりすぎていたり、下の句が上の句のダメ押しになっていたりする場合、案外この方法が、うまくいく。つまり、五七五と七七とのあいだに、ある程度の飛躍が生まれたり、多少の謎が芽生えることによって、歌が生き生きしてくるのだ。

極端な人見知りではあるけれど伝えたいこと山のようだよ

さいたま市　今野徹

決して人が嫌いなわけじゃあない、心のなかには伝えたい思いがあるんだ、という気持ちが、素直に伝わってくる歌だ。が、上の句から下の句への流れが、あまりにストレートすぎて、もう少しひねりが欲しい。下の句の気持ちを、なにか具体的な言葉で示せれば、上の句のシャイな感じも、いっそう生きてくるだろう。
同じ作者の投稿歌に、次のような歌があった。

ネコの住むＮＨＫの片隅にカメラを持って一人たたずむ

青山のこぢんまりした花屋さんどれにしようかチューリップがいい

六本木の真夏の夜のアイリッシュパブ英語を話す心は躍る

脳天を突き抜けるようなアメリカの青空の下に立ってみたくて

どの作品も、このままでも、一応及第点はとれるだろう。が、もうひとひねりがあれば、詩歌としての魅力が増すのでは、と思わせられる。そこで先ほどの「極端な人見知りではあるけれど」に、それぞれの下の句を続けてみよう。

極端な人見知りではあるけれどカメラを持って一人たたずむ

極端な人見知りではあるけれどどれにしようかチューリップがいい

極端な人見知りではあるけれど英語を話す心は躍る

極端な人見知りではあるけれど青空の下に立ってみたくて

一首目、カメラという具体性が加わって、一歩進んだ感じになった。二首目、かなり飛躍があるようだが、気持ちをおさえた上の句から、はずんだ下の句への展開は、なかなかいいのではないだろうか。三首目は、かえって常識的になってしまって失敗だ。四首目はどうか。素直に繫がりつつ、広がりが感じられて、これも悪くない。

それで、「ふざけるな」と思われるかもしれないが、どれも、自分が作った下の句ではあるのだ。それで、自分の作った上の句が生きるなら、これは儲けものである。常にうまくいく方法ではないけれど、どうも自分の発想が物足りなく感じられるときや、いまひとつではあるが捨てるにしのびない歌がたまったときなどには、一度試してみるのも悪くない。そこからまた、新たな思いや言葉が生まれてくることもあるだろう。

薄紙にしたためている想い出を夕陽に透かす泣いてみるため

町田市　宮坂史郎

君へ手をさしのべたいのに君は手をいらないわたしは平気と笑う

同

この二首も、形は整っているし内容は充分に伝わるのだが、意外性がないぶん、甘さが目立ってしまっている。

薄紙にしたためている想い出をいらないわたしは平気と笑う
君へ手をさしのべたいのに君は手を夕陽に透かす泣いてみるため

このように入れ替えてみると、小さな飛躍が、言葉に深みを与えてくれることがわかるかと思う。

添削2――「あの」って、どの？　と言われないようにしよう

「あの夏」「この思い」「その笑顔」などという表現には、充分な注意が必要だ。自分では百パーセントわかっていても、読む人に、その指し示す内容がわからなければ、思いは伝わらない。こそあど言葉を安易に使ってしまうと、ムード先行の、あいまいな歌になってしまうので気をつけよう。

単に調子を整えるために、簡単に入れてしまった場合などは、それをとるだけでも、ずいぶんすっきりする。

行きつけの京都四条のあのお店だけで彼女と扱われ嬉し

堺市　吉田寛子

事実とは少し違うけれど、その店にいるあいだだけは彼女気分を味わえる喜び。そん

な女心が、よく出ている歌だ。

「行きつけ」「京都四条」と、店については具体的に説明しているので、わざわざ「あの」はつけなくてもいいだろう。ここに「あの」が入ると、読者にはまだ説明されていない何かがあるようなニュアンスになり、かえって読む人を遠ざけてしまう。

行きつけの京都四条の店だけで彼女と呼ばれ彼女となりぬ

結句の形容詞「嬉し」は、思いを限定してしまうので、省いてみた。「彼女」を、わざわざ繰り返すことで、嬉しさのみならず、特定の店で「だけ」の切なさが、もとの歌よりも際立つのではないだろうか。

一本の煙草をくわえ思い出すあの悔しさをあの悲しみを

滝川市　三上和仁

魅力的な上の句なのだが、この一首だけでは、どんな悔しさなのか、なにが悲しかったのか、残念ながら読者には、皆目見当がつかない。

作者は、連作で歌を送ってきているので、前後の作品を読めば、その内容は伝わってくる。連作というのも、もちろん一つの表現方法だが、その原則は、やはり一首一首が独立していることだ。そのうえで、連作ならではの効果というものを、考えたい。

たとえば、掲出歌の前には、次のような歌が書かれている。

晴れやかな結婚式の水面下思惑交え二次会へと

僕と君結婚式は迎えれず君は今日から違う苗字に

うらんでる僕をふってさあの馬鹿と結婚する君の晴れ姿

これらを読めば、「あの」悔しさや悲しみの中身は明らかだ。そこで、添削1で使った荒療治を試してみよう。

一本の煙草をくわえ思い出す君は今日から違う苗字に

「思い出す」とあるから遠い過去のことかと思いきや、実は「今日」のこと、というところに意外性が生まれて、印象的な歌になった。新しい苗字への違和感と、「はっ」とした感じが出るのではないだろうか。

第3講

比喩の出し方に心をくだこう
だめ押しの一歩手前で止めよう

【優秀作】

カラオケで歌う普通のラブソング君を想って特別になる

東京都　近藤沙耶

【鑑賞】

たとえ陳腐な歌詞であっても、具体的な人の面影が重なるとき、歌う本人にとっては、かけがえのない言葉へと変わる。流行歌とは、多くの人の様々な思い入れを、受けとめられる作品なのだろう。難しい言葉をつかうことなく、歌というものの本質が言い当てられている。

添削１——比喩の出し方に心をくだこう

比喩は、うまくいけばそれだけで素晴らしい一首を成立させることができるほど、力のある表現手段だ。いい比喩を思いついたら、できるだけ丁寧に、それを生かしたい。比喩以外の言葉は、すべてその比喩が効果的に、生き生きと見えるように、それだけを考えて奉仕させる——ぐらいの意気込みでいきたい。逆に、比喩のできに安心して、おざなりな出し方をしてしまうと、残念なことになってしまう。せっかくの主役が力を発揮できるかどうかは、脇役の働きによるのだ。

大きくて定形外の封筒にまるで自分の人生をみる

東京都　高野直枝

封筒という日常的なものに、人生を重ねるという発想がおもしろい。「定形外」という言葉も、作者を刺激したのだろう。耳慣れた言葉ではあるが、こうして人生の比喩に使われてみると、なかなか味がある。

普通とは、ちょっと違う生き方をしてしまう自分。ちょっとした違いなのに、超過料金をとられてしまう郵便物。あ〜あ、という軽いため息が、聞こえてきそうだ。

このように、比喩自体は非常に魅力的なのだが、その出し方が、あまりにもストレートなところがもったいない。この比喩を思いついたところで、作者にはゴールが見えてしまったのだろうが、下の句は、簡単にまとめすぎた感じが否めない。

1センチ長くて定形外になる封筒に似る我かと思う

作者の比喩を、もう一歩押し進めて、こんなふうにしたらどうだろうか。実際は、ものすごく大きい封筒だったのかもしれないが、ほんの少しの差で、規格外と見なされるほうが、「定形」への疑問や不満を出すことができるだろう。

日焼けしてタウンページの白い顔電話ボックスにめくれていたり

川越市　小松栄一

タウンページの紙が焼けて変色している様子を、顔の日焼けに重ね合わせた比喩である。夏のあいだは、温室となる電話ボックス。その中で太陽にさらされた感じが、よく出ていて、一つの季節の経過までもが感じられる。

惜しいのは「白い顔」。日焼けする前は当然白かったわけで、これは言わずもがなだ。さらに結句の「めくれていたり」も、字数を消化するために、さらさらと書かれた印象だ。この二点を改善して、日焼けの比喩を生かしたい。

日焼けしたタウンページの横顔が電話ボックスにめくれる九月

「横顔」で横に置かれた感じを出し、「九月」で季節をより明らかに打ち出してみた。こういう脇役の言葉を登場させることで、比喩の輪郭も、よりはっきりさせることができるだろう。

ごうごう唸るおなかいっぱいの冷蔵庫に凭れており　空っぽの我は

大田原市　なつみかん

ぎっちり中身のつまった冷蔵庫に対し、「空っぽの我」。冷蔵庫の描写が、素直で力強いので、空っぽというややありがちな比喩が、ここでは生きている。つまり脇役が、いい働きをしている。

あとは、ほんのわずかな表現の詰めだ。冷蔵庫との対比を生かすためには、「空っぽ」を体言止めにしたほうが、言葉が強く響く。

ごうごう唸るおなかいっぱいの冷蔵庫に凭れておりぬ　我は空っぽ

プレゼントを差し出すときの、リボンをちょっと直す程度の推敲だが、ずいぶん印象が違うのがわかるかと思う。「空っぽ」と言いきることによって、この比喩は、勝負に出るのだ。

添削2――だめ押しの一歩手前で止めよう

感じたこと、思ったことを、的確に伝えることは大切だ。そのために私たちは、さまざまな言葉を動員し、表現に工夫をこらす。

が、言い過ぎて逆効果になることがあることも、頭の隅においておきたい。これは、自分が読者の立場になったときのほうが、よくわかることかもしれない。

「そこまで言われなくても、じゅうぶんわかるんだけど」

「はいはい、そうだったんですね、そうだったんですね。ごちそうさま」

こんな感想を持ったあとのしらけた気持ち。それはもしかしたら、謎が残ったり、理解しきれなかったりしたとき以上に、不快なものかもしれない。

つまり、だめ押しは、言葉足らずと同じぐらいマイナスの表現だ、ということである。

蛇足とも言うし、過ぎたるはなお及ばざるがごとし、とも言う。過不足ないのが一番ではあるが、心持ち足りないぐらいでも、歌の言葉としてはじゅうぶんなことが多い。

友といた夜の記憶は数枚の絵画見るよう酒は怖いね

豊橋市　森田倫子

お酒の飲み過ぎで、記憶が断片的にしかない……。その様子が「数枚の絵画見るよう」という比喩で、うまく表現された。自分のことなのに、なにか人のことのようにしか感じられないもどかしさが、写真ではなく「絵画」という言葉選びで、実によく伝わってくる。

この比喩だけで、「酒の怖さ」はじゅうぶんだろう。作者にしてみれば、結句こそが言いたいことではあるのだろうが、ここまで言われてしまうと「そうですね、確かに酒は怖いですね」で終わってしまう。

添削1とも関連するが、ここは絵画をつかった比喩を、最大限に生かすことを考えたい。そのほうが読者の心のなかで、酒の怖さについての想像や連想も、より広がっていくことだろう。

友といた夜の記憶は数枚の酒の匂いの絵画となりぬ

これなら、同じ経験をした人に「そうそう、そんな感じ」と共感してもらえるだろうし、そうでない人でも「へえ、そんな感じなのか」と想像してもらえるだろう。いずれにせよ「酒は怖いね」という感想は、読んだ人が、この比喩を味わったあとで、それぞれの心のなかに持ってこそのもの。それを先回りして、作者が言ってしまうと、比喩の輝きが色あせてしまって、もったいない。

数学の課外夕焼け午後5時の鐘をあなたと分かつ幸せ

甲府市　なお

この歌も、最後の「幸せ」を言わなくても、充分に幸せな感じが伝わってくる一首だ。「課外」「夕焼け」「鐘」と名詞を重ねることによって、ある時間の幸福感が、たたみかけるように表現されている。

この道具立てなら、読者もきっと「ああ、いいなあ。こういう夕暮れの時間を、あなたと分かち合えれば、そりゃあ幸せだなあ」と思うことだろう。そして、この「幸せ」という言葉は、作者が言ってしまうのではなく、このように読者の心のなかに生まれてくるのを待ちたい。

数学の課外夕焼け午後5時の鐘をあなたと分かつひととき

第4講

枕詞をつかってみよう
同じ言葉、同種の言い回しは避けよう

【優秀作】

街へ行こ　ボーダーシャツにぴかぴかの私の音符弾ませながら

大田原市　小関靖子

【鑑賞】

横縞のシャツが、私の心の音符をのせる五線紙となる……という楽しい発想が、無理なく伝わってくる。会話体に近い初句や、いいさしの結句など、細かい部分が、全体の弾む気分を盛り上げていることにも、注目したい。

添削1――枕詞をつかってみよう

「枕詞」とは「一定の語の上にかかって、ある種の情緒的な色彩を添えたり、句調を整えたりするのに用いられる」（旺文社古語辞典より）ものである。「たらちねの」と言えば「母」、「あしひきの」と言えば「山」といった組み合わせを、古典の時間に覚えさせられた人も多いだろう。

実は私は、この枕詞に対しては、長いあいだ懐疑的だった。「母なら母、山なら山、と単刀直入に言えばいいではないか。たった三十一文字しか使えないのに、大して意味もない飾りというか助走というか、そんな語に五文字も費やすとは、もったいないではないか」というのが率直な印象だった。

序詞（これについては次講で触れてみたい）なら、作者の独創性や詩的センスを生かす道があるが、枕詞のほうは、残念ながら決まった言葉しかつかえない。

「だったら自分は、自分なりに母を形容する言葉を探したいし、あしひきの山というぐらいなら○○山と、固有名詞にしたほうがイメージがふくらむのではないか」と思ったものだった。

が、そんな考えに待ったをかけた短歌がある。

なめらかな肌だったっけ若草の妻ときめてたかもしれぬ掌《て》は

佐佐木幸綱

「若草の」が妻にかかる枕詞である。「だったっけ」「かもしれぬ」という口語にはさまれて、この古風な枕詞が、とても新鮮に響いてくる。

いきなり「妻」とは言わず、枕詞をつかって逡巡しながらこの語を出してくる風情が、「かもしれぬ」という照れた表現に、実に似つかわしい。これなら、五文字ついやす値打ちがあるなあと思わせられる。

枕詞には、意味のわからなくなっているものも多いが、この「若草の」の場合は、いかにも初々しい瑞々しい女性のイメージを出す助けともなっている。

つまり、つかいようによっては、枕詞にもまだまだ可能性があるということを、この歌は教えてくれた。

これほど絶妙な効果をあげるのは難しいかもしれないが、陳腐な形容詞をつかうよりは、枕詞のほうがいい、という場合がある。

効果のひとつは、古語の響きの新鮮さ。口語のなかに思いきって入れてみると、不思議な味わいが楽しめる。もうひとつは、一首のなかでポイントとなる語を、浮き上がらせることができること。枕詞という帽子をかぶることによって、その語ががぜん目立ってくる。

君の声聞こえぬ時の寂しさは漆黒の闇に勝るものなり

滋賀県　ひまわり

要するに、心が真っ暗……ということは、よくわかる一首だ。リズムもよく整っている。が、真っ暗の引き合いとして「漆黒の闇」は、普通すぎるだろう。

君の声聞こえぬ時の寂しさはぬばたまの闇に勝るものなり

「ぬばたまの闇」と言うことによって、感覚に訴える暗さが出るのではないだろうか。闇という語におもりがついて、一段沈んだ感じになる。

君編みし白きセーター着ています雪の降る日に富良野にて

札幌市　三上和仁

セーターの白と雪の白とが、印象的な一首。ただ、せっかくのセーターを形容する「君編みし」が舌たらずな感じなのが惜しい。

しろたえの手編みのセーター着ています雪降る富良野に君はいないが

「しろたえの」で、この歌のポイントとなる「白」を、さらに強調してみた。「君」を下の句に移動したが、これでも、「君」の手編みだということは充分わかるだろう。

雨の中を濡れて歩くはつこひの終はりてけふは穏やかな風

京都市　きたみなみ

恋の終わりを、しずかに味わいつつ見送る気分が、よく伝わってくる。上の句のリズムが乱れているのが気になるので、ここに枕詞を入れて、句調を整えてみよう。

ひさかたの雨に濡れをりはつこひの終はりてけふは穏やかな風

ゆっくり登場する「雨」も悪くない。一首の、けだるいような雰囲気と、枕詞が意外と合うように思われる。

添削2――同じ言葉、同種の言い回しは避けよう

散文でも、あまり続けて同じ言葉や、似たような表現が出てくるのは、単調な感じがしてよくない。まして三十一文字なら、なおさらだ。繰り返しを意識して、それによってリズムを生みだしたり、あえてひとつの語へのこだわりを見せたりするような場合をのぞいては、なるべく同じような言葉や表現は避けたほうがいい。

シリアスになれば重荷になりそうで好きというなら明るく軽く

市川市　紅乃風子

あまり真剣すぎる告白は、重荷になってしまう。相手に、気持ちの負担をかけたくないという思いやりが、素直に表現された。特に、さらりとした下の句のリズムが、一首の内容とも合っていて、とてもいい。

細かい指摘かもしれないが、上の句の「なれば」「なりそう」が、同じ言い回しなの

が気になる。意味的には問題がなくても、こういうところをこまめに点検することも、必要だ。

シリアスな言葉は重荷になりそうで好きというなら明るく軽く

ちょっとした手直しだが、「なる」の繰り返しがなくなったぶん、ひきしまったのがわかるかと思う。

幸せな毎日だったと言えるのは「恋」と思える恋をしたから

甲府市　なお

前向きな失恋の歌だ。こんなに恋らしい恋をしたのだから、過去を否定することなく、失恋を受けとめようという作者の気持ちに、共感した。

下の句に「恋」が二回出てくるが、これはひとつのフレーズとして、説得力があるので、とてもいい。こういう繰り返しは、問題ない。
今回の添削は、同じ可能動詞の形をとっている「言える」「思える」だ。下の句がとても素敵なので、上の句に似たような言い回しがあると、印象が薄まってしまって、もったいない。下の句を最大限生かすためにも、ここは「言える」をつかわずに表現したい。

幸せな毎日だったなぜならば「恋」と思える恋をしたから

あえて理屈っぽく、堅い感じの「なぜならば」をもってきて、下の句のやわらかな発想を印象づけてみた。
また、第二案として、下の句のほうを直してみよう。

幸せな毎日だったと言えるのは「恋」という名の恋をしたから

恋らしい恋、という意味で、一歩踏み込んでこんな表現もアリかもしれない。

ため息を残し去り行く君の背で置き去りの私と冷めたコーヒー

京都市　小野響子

「冷めたコーヒー」に、二人のそれまでの気まずい時間が見えてくる。「去り行く」と「置き去り」の重なりを解消しよう。

ため息を残し去り行く君の背に見えぬ私と冷めたコーヒー

第5講

序詞をつかってみよう
メールを使って恋をしよう

【優秀作】

あなたから2回誘ってくれたから1次予選は通過している

南あわじ市　トヨタエリ

【鑑賞】

恋愛が始まるか始まらないかの頃の、心のかけひき。「1次予選」というなんとも謙虚な比喩が、おもしろい。冷静な状況判断だが、ゲーム感覚とは少し違う。有頂天にならないようにと、自分を一生懸命コントロールしているのだ。

添削１――序詞をつかってみよう

前回は枕詞だったので、今回は序詞に挑戦してみよう。「序詞」とは、文字通り、ある言葉を導く「序」の働きをする言葉だ。枕詞が、ほぼ五文字で、何が何を導くか決まっているのに対し、序詞のほうは五文字以上であることが多く、その内容は作者の創意工夫に委ねられている。

どういう連想やつながりで言葉を導くか。そこが腕の見せどころとなる。詩的で、導かれた語のイメージや輪郭を深くするような序詞を生み出せれば、申し分ない。高度な比喩表現の一種ともいえる面があるのは、実例を見てもらえば、わかるだろう。

泣くおまえ抱《いだ》けば髪に降る雪のこんこんとわが腕《かいな》に眠れ

佐佐木幸綱

「……降る雪の」までが、「こんこんと」を導く序詞になっている。雪がこんこん降る、という表現と、こんこんと眠るという表現が、音でまず繋がっている。が、それだけではなく、黒髪に雪が降り積もるイメージが、女性が男性の腕の中で深く眠るさまと、オーバーラップするところがミソだ。

古典和歌では、音のつながりだけで導く序詞もポピュラーだが、現代では、イメージの重ね合わせによる効果を狙うことが多い。

一滴の淡いしずくが落ちた瞬間《とき》波紋がごとく始まりし恋

依田真弥

第四句は「波紋が（広がりし）ごとく」という意味だろう。水面に広がる波紋と、ちょっとしたきっかけから恋心が生まれる様子とが、うまく重ねられている。

第四句を「波紋のごとく」と直すだけでも意味は伝わる。が、このイメージの重ねあわせを「ごとく」という、いかにも比喩でございますという語で示すのではなく、序詞に仕立てれば、さらにスマートになるのではないだろうか。

一滴の淡いしずくが水面に落ちて広がる恋のはじまり

「波紋」という語は出てこないが、水面に滴が落ちる様子と、恋心が芽生える様子を重ねることで、自然と読む人には「波紋」がイメージされる。

偽りの愛を囁く唇はカー・エアコンのうすっぺらな風　夕顔

「唇は」のあとに「まるで」が略されているとみていいだろう。自然の風ではなく、カー・エアコンの風のようにうすっぺらな唇。ユニークで辛辣な比喩が、印象的だ。

この比喩を、より実感のこもったものとするために、風を先に登場させて、その「嘘くさい風」のイメージを「偽りの愛を囁く唇」に重ねてみよう。

エアコンの風のぺらぺらの唇が嘘ばっかりの愛を囁く

字数の関係で「カー」が入らなかったが、「自然でない風」の意は、じゅうぶん伝わるだろう。唇とのつながりを考えて「ぺらぺら」という音を選んでみたが、いかがだろうか。

また、「偽りの愛」という言い方が、「うすっぺら」とそぐわず、重い表現になっているのが気になるので、その点も、考慮してみた。

出しすぎたハンドクリームと恋心元に戻らないのはさぁどっち？

亜弥

「どっち？」とは言っているが、どっちとも戻らない。ハンドクリームという日常的なものと、恋心との重ねあわせが、ユニークな一首だ。

出しすぎたハンドクリームもう元に戻らない恋すすむしかない

「ハンドクリーム」までが「もう元にもどらない」を導く序詞となり、そのイメージを読者が持ったところで、恋と重ねるという方法である。

添削2――メールを使って恋をしよう

短歌には千三百年以上の歴史がある。その大きなテーマの一つに、相聞歌、すなわち恋の歌がある。

要するに「あなたのことが好き」という思いを、いつの時代の人も、三十一文字に託してきた。手を替え品を替え、さまざまな表現でつづられた「好き」という気持ち。その思いは普遍的なものだが、表現方法やシチュエーションはさまざまだ。時代時代の恋愛のありようが、そこには反映されている。

現代の恋愛の大きな特徴のひとつは、コミュニケーションの道具が、飛躍的に増えたことだろう。なかでも携帯電話とメールの普及は、恋の歌に、大きな変化をもたらしているように見える。

それらのない時代には、ありえなかった、現代ならではの恋の歌。それを詠めるのは、今の私たちの特権だ。もちろん、ただ単に言葉としてメールや携帯電話が出てくるだけでは、「新しい」とは言えない。少なくとも、その登場による、新しいシチュエーション、できれば新しい感覚を、詠んでみたいものだ。今回は、特にメールの歌を集中して見てみよう。

メール無き一日の終わりため息とやっと届いた「おやすみ」抱く　　瀬名文緒

便利になったとはいえ、相手に意志がなければ、メールは届かない。手段があるのに届けてくれない、それを待つことの辛さ。現代ならではの「待つ」歌だ。「抱く」という動詞も、細やかな表現になっている。
ただ、初句を読むと一通も届かなかったような印象があり、「あれ、結局おやすみは届いたのか」と、ちょっと違和感がある。「無き」ではなく「待つ」に直してみよう。

メール待つだけで終わってゆく一日やっと届いた「おやすみ」抱く

「ため息」は削ってしまったほうが「やっと」が、かえって生きる。

引くことを進むことをも迷ひいて空を見てよとメールを送る
奈良町子

魅力的な下の句だ。具体的な用件ではなく、どうでもいいような言葉でしか伝えられない何か。
「今、私が見ている空と、同じ空が、あなたのところからも見えますか。空を見るなんてつまらないことにつきあって、離れていても私と、時間を共有してくれますか」という問いかけのこもった願いが、せつない。
上の句からは「気持ちを押し進めていいのか、もう引いた方がいいのか、わからなくなってしまって立ち往生している」という状況は、よくわかる。だが、先が見えない気持ちは、この素敵な下の句で充分伝わる。ここは、下の句を生かすように、さらりともっていきたい。

伝えたい思いは形にならなくて空を見てよとメールを送る

細かい状況説明がないほうが、読む人の想像も広がるだろう。

眠れぬ夜指先ともすほのあかり迷う親指想い果てなく

石川真弓

「迷う親指」が、いい。これで携帯のメールということがわかるし、心の迷いが親指の動きとして目に浮かぶ。

印象的な言葉なので、これを体言止めにして生かしたい。結句は、いわずもがななのでカットしよう。

眠れぬ夜指先ともすほのあかり心とともに迷う親指

最後に、もう一首。

もう二度とかかってこぬと知りながらいつまで消さぬあなたのメモリー

凜々

メモリーを消去するという作業は、思い出を葬ることにつながる。「いつまで」と自問するのも一案だが、ここは思いきって「いつまでも消さない」としたほうが、メモリーにこもる思い出の重さが際立つだろう。

もう二度とかかってこぬと知りながら消さないでおく君のメモリー

第6講

リフレーンをつかってみよう
時には表現を薄めることも

【優秀作】

君のいた温き一日断ち切りて閉まる急行「きたぐに」のドア

金沢市　小川順子

【鑑賞】

デートの時間が終わる残念さが、ドアが閉まるという映像で、的確に伝わってくる。「温き」に対して、「きたぐに」という寒そうな言葉。このさりげない対比も効いている。

添削1――リフレーンをつかってみよう

同じ語を繰り返すことを、リフレーンという。たった三十一文字しか使えないのに、同じ語を繰り返すというのは、「意味」を伝えるという観点からするとムダなこと。つまり、ムダをしてまで繰り返すからには、それなりの効果がなくてはならない。

リフレーンの最大の効果は、一首にリズムを生み出すことだ。さらに、言葉が繰り返されることで、それなりの「意味」も加われば言うことはない。

ああ皐月《さつき》仏蘭西《フランス》の野は火の色す君も雛罌粟《コクリコ》われも雛罌粟《コクリコ》　与謝野晶子

はずむような作者の気持ちが、下の句のリフレーンで、みごとに表されている。意味だけなら「君もわれも雛罌粟」で充分なのだが、それでは、この高揚感は伝わらないだろう。

さらに、「君も雛罌粟われも雛罌粟」と丁寧に繰り返すことによって、一面の野を埋め尽くすヒナゲシの花の一本一本が、目に浮かぶような効果がある。そのなかの一本になりきっているのが、作者であり、「君」なのである。

秋になりかけた日の午後　延々と続くあっちむいてほいが好き

甲府市　なお

夏とはまた違った時間の流れを感じさせる「秋になりかけた日の午後」。そのニュアンスや気分が、下の句でよく伝わってくる。「あっちむいてほい」という素朴な遊びを出すことによって、何か子ども時代を思うような懐かしい雰囲気も感じられる。

これでも充分な一首かと思うが、「延々と続く」が、やや説明的なのが残念だ。延々と、と説明するのなら、ここをリフレーンにして、続く感じを出してみてはどうだろうか。

秋になりかけた日の午後　あっちむいてほいあっちむいてほいが聞こえてくるよ

また、作者の意図とは少しずれるかもしれないが、こんな表現も考えられる。

秋になりかけた日の午後　あっちむいてほいが続くよこっちむいてよ

あっちむいてほい、という遊びに重ねて、自分の方を見てほしいという願いをこめた一首にしてみたが、いかがだろうか。
短歌の五七五七七という形は、それだけで心地よいリズムを運んでくる。そこにさらにリフレーンをとりいれると、もうイヤでも調子がよくなる。だから、使い始めると病みつきになる人も多いのだが、あまり安易に繰り返すと、そのお手軽さが裏目に出てしまうので要注意だ。調子のよさに、意味が流されてしまうことのないよう、自戒しつつ試してみよう。

添削2――時には表現を薄めることも

ビュッフェスタイルのパーティやサラダバーなどで、皿にてんこ盛りしている人を見かけることがあるが、あまりかっこのいいものではない。やはり皿の大きさにあった適当な分量というものがあるし、欲張ってローストビーフの隣にスモークサーモンをのせたりしたら、ビーフのソースがサーモンにかかって、妙な味になったりもする。

短歌という皿にも、適度な盛り方がある。小説や自由詩よりは、ずっと小さい皿だから、詰めこみすぎには気をつけたい。盛りたいものが、たくさんある時は、次の皿を用意しよう。つまり、たくさん歌いたいことがあるのなら、たくさんの歌を詠めばいいのだ。

一首の眼目となる部分が決まったら、それ以外の部分には、もう詰めこまない方がいい。眼目となるところを目立たせるためには、むしろ他はあっさりといきたい。

それなりの夏のトマトがそれなりの秋の林檎に替わる退屈

大和高田市　夕顔

さきほどとりあげたリフレーンが、とてもうまく使われている。「それなりの」という繰り返しが、退屈に続いてゆく日常とオーバーラップしているところが魅力的だ。このリフレーンのおもしろさが、一首の眼目である。そしてこれで充分に「退屈」な気分は伝わってくる。

結句の「退屈」こそが言いたいことだと作者は思うかもしれないが、これは言わずもがな。結句に体言止めがくると、非常に強い印象を残すので、せっかくのリフレーンの効果も薄れてしまう。

「でも、あと四文字、どうすればいいの？」

提案としてはまず、「退屈」ほどズバリ説明してしまわない語をもってくるということが考えられる。

それなりの夏のトマトがそれなりの秋の林檎に替わる食卓

それなりの夏のトマトがそれなりの秋の林檎に替わる店先

退屈よりは意味が薄まって、リフレーンが目立ってきた。が、やはり体言止めというのは、それなりの重さがある。

もっと軽く……と考えてゆくと、今回のテーマ「時には表現を薄めることも」に行き着く。具体的には、こういうことだ。

それなりの夏のトマトがそれなりの秋の林檎に替わっておりぬ

煮詰まった結句を、水で薄めたような感じだが、うしろめたく思うことはない。こういうテクニックというか発想も、ときには役に立つ。

ぞうきんに四年二組と書いてある六年前の娘いとしく

郡山市　茶宇

「四年二組」という具体性が生きている。その文字までが目に浮かぶようだ。成長した今の娘もかわいいが、幼い文字を書いていた頃の娘もかわいい……という掛け値なしの愛情が伝わってくる。

残念なのは、結句の「いとしく」だ。ぞうきんの文字にまで目を留めているという事実だけで、どれほど「いとしく」思っているかは、充分わかる。これも言わずもがな、だめ押しの一言だろう。

「いとしく」を消して、しかも過剰に意味を込めない推敲をしてみたい。

ぞうきんに四年二組と書いてある六年前の娘の文字で

娘の文字で書かれているのは、それまでの文脈でわかることだ。だから、意味としては新しいことは何も付け加わってはいない。が、「いとしく」と言ってしまうより、このほうが、いとしさが伝わってこないだろうか。

中也ごとマント掛けたる冬を今鏡の向かうに見て風車

神戸市　中田満帆

中原中也といえば、マント姿の写真がよく知られている。マントを掛けながら、そこに作者は、中也の存在を感じている。「中也ごと」という簡潔な表現が、見事だ。そのマントをふくむ冬の景色を、鏡のなかに見ている……。もうこれだけで、充分すぎるほどドラマチックだ。さらに「風車」まで登場してしまうと、せっかくの完結した世界が、やや猥雑になってしまう。

中也ごとマント掛けたる冬を今鏡の向かうに我は見てをり

短歌は一人称の文学。何も書いていなければ主語は「我」である。だからこの歌の場合も、「見て」いるのは「我」に決まっている。つまり「我」を出すのは、究極の「薄め」のテクニックとも言えるのだが、こう推敲してみると、意外な効果があることにも気づく。

鏡をはさんで、中也と作者とが対峙しているような、そんな姿がくっきり見えてくる。これは「我」を際立たせたことによる思いがけない副産物だが、できあがってしまうと、この「我」は動かしがたいものに見えてくるから不思議だ。

第7講

A＋Bの効果を狙おう
倒置法を活用してみよう

【優秀作】

滝川市それが故郷だ僕の町老人たちと閉まった店と

札幌市　三上和仁

【鑑賞】

リズムはごつごつしているが、それが無骨に故郷を思う心と、うまく重なった。「僕の」に愛がこもる。寂しい下の句を読んで、もう一度上の句に返ると、また味わいが深くなる。

添削１――Ａ＋Ｂの効果を狙おう

一首のなかで、異質なものや、意外なものを組み合わせることによって、不思議な味わいが生まれることがある。取り合わせの妙と言われたり、モンタージュと言われたり、合わせ鏡と言われたりする手法だ。

組み合わせるＡとＢを、どう設定するか、にすべてがかかっている。陳腐な取り合わせでは、もちろんダメだし、あまりに突飛でも、一人よがりになってしまう。ほどほどに距離があって、どこか響きあうような関係のＡとＢならば、１＋１が、きっと２以上のものになるだろう。

水溜まり青空映して誇らしげ紅きくちびる誰に与えん

東京都　みさき

誇らしげな水溜まりに、「自分のくちびるを誰に与えようか」という誇らしい思いを重ねたことは、よくわかる。まだ恋を知らない無垢な感じが、この歌の魅力だ。が、上の句の水溜まりと、下の句のくちびるとに、言葉としての距離がありすぎる。そのため、くちびるという語が、やや唐突に響いてしまうのが惜しい。

誇らしく青空映す水溜まり我の心を誰に与えん

上の句の語順を調整して「水溜まり」を主役にもってきた。空を映す水溜まりと、「心」との組み合わせなら、くちびるよりは連想が働くのではないだろうか。

懐かしく思う景色は通学路　長く続いたガードレール

山口市　福原孝治

作者が、なぜ通学路を懐かしく思うのか、明らかにされないまま、「通学路」と何かを組み合わせるというのは、一つの方法になる。が、それが「ガードレール」では、言葉が近すぎて、効果が薄い。

懐かしく思う景色は通学路　いつもと違う白い天井

たとえば、これならどうだろうか。通学路と天井の組み合わせである。「いつもと違う白い天井」から、入院という場面を思い浮かべる人もいるだろうし、新生活のスタートを想像する人もいるだろう。

それぞれの連想に、「通学路」は響いてくる。毎日毎日、同じ道を歩いていたころには、それは退屈なものだった。永遠に続く道のようにも思われた。けれど人生には永遠などなく、あの変哲もない通学路が、懐かしく思われる日がくる……。

ちなみに「いつもと違う白い天井」は、同じ作者の投稿作品に「いつも通りの白い天井」というフレーズがあったので、それをアレンジさせてもらった。

吾のデスク一輪飾るガーベラはオフィスに遠き母のまなざし

横浜市　中村和日子

机の上の一輪の花が、遠くで見守ってくれている母のまなざしのように感じられる……という素敵な発想の一首だ。

このままでもいいのだけれど、欲を言うと、この素敵な発想を、読者にしてもらえると、いっそういい。

現状だと「ガーベラは母のまなざし」という種明かしを、作者がしっかりしてしまっているので、受けとる側には、それが説明に聞こえてしまう。説明されると、納得はしても共感しにくくなってしまうのが、読者というものだ。

吾のデスク一輪飾るガーベラよオフィスに遠き母のまなざし

A＝Bを、A＋Bに変えただけだが、ずいぶん印象が違ってくるのが、わかるかと思う。

添削2――倒置法を活用してみよう

普通の語順なら「きれいな花が咲いている」というところを、「咲いている、きれいな花が」とひっくりかえすのが、倒置法だ。

効果は、ふたつ。ひとつは「咲いている」を前に持ってくることによって、そのことを強調する。もうひとつは、「花が」と言いさしにすることによって、そこに余韻を生みだす。

国語の時間には、もっぱら強調の効果を教えられたような記憶があるが、短歌を作っていると、後者の余韻の効果のほうを、実感することが多い。

社会人1年生の風吹いて今日もひとりで発泡酒飲む

東京都　照井陽子

少し大人になった身軽な気分と、それにともなう寂しさの味わいが、風と発泡酒という軽いものの取り合わせで、よく伝わってくる。この味わいを、さらに深めるべく、倒置法を使ってみよう。

社会人1年生の風吹いて発泡酒飲む今日もひとりで

「ひとりで」が言いさしになることで、寂しさの色合いが濃くなった。「吹いて」と「ひとりで」が近いと、小学生の日記のようなたどたどしさが出てしまうが、それも解消される。

語順、ということで言うと、倒置法ではないが、さらにこんな展開も考えられる。

社会人1年生の風吹いて今日もひとりで飲む発泡酒

すべての思いを、さいごの発泡酒という名詞に背負わせるという方法だ。独特のリズムも生まれ、さらに余韻が深くなる。

三首、登場する言葉はすべて同じだが、語順だけで、ずいぶんと印象が変わる。五七五七七に収まったと思っても、それで完成とせず、言葉の席替えを、あれこれ試してみよう。

試してみて、いまひとつなら、すぐに戻せばいい。次は、私が添削しようと思った歌だが、もとのほうがいいなと思い直した例である。

「寂しい」を「逢いたい」という文字に変え紙飛行機のメールを飛ばす　草加市　ほたる

「寂しい」と伝えてしまっては、自分勝手な感じがする。そこで「逢いたい」という積極的な語りかけに言葉を直してみる……その発想が、まず素敵だ。そして、メールはメールでも、紙飛行機のメール（紙に書いて、それを飛ばすのだろう。実際にはとどかなくてもいい、という気持ち）というのが、しゃれた思いつきだ。

この思いつきを、より印象的に演出するために、倒置法を使ってみてはどうかと思った。


「寂しい」を「逢いたい」という文字に変えメールを飛ばす紙飛行機の

結句まで、読者は普通のメールだと思って読むだろう。ところがどっこい、紙飛行機なんですよ、というしかけである。

確かに倒置法は、紙飛行機を最後まで隠すという役目を果たしてくれた。だが、ここまでしてしまうと、「どうです、素敵な思いつきでしょう!?」と、作者が得意になっているのが、透けてしまう。つまり、あざとい、という印象だ。比べてみると、もとの歌のほうが、さりげなくて、感じがいい。

倒置法の、教訓。気をつけて用いないと、鼻について逆効果になってしまうので、注意しましょう……ということを、私自身があらためて感じた。

第8講

理屈は引っこめよう
意味の重なりに気をつけよう

【優秀作】

起きぬけにバファリンプラスのむ朝は青くて深いソファに沈む

東京都　宮本一郎

【鑑賞】

バファリンプラスは頭痛薬。「起きぬけ」「プラス」「朝」と、前向きな字面と、後ろ向きな内容の対比がおもしろい。海底をイメージさせる下の句も、けだるい朝の雰囲気をよく伝えている。

添削１――理屈は引っこめよう

「こうだから、こうなった」「こうなのに、こうなんです」というような理屈を、一首のなかで展開されると、読者は「ああそうなんですか」としか思えず、それ以上、その歌の世界に入りこむことが難しい。

それよりは、「こうなった」というところを、きっちり描写することに心を砕こう。その結果、「きっとこうだから、こうなったのだろう」と、読者が想像できれば、歌はおもしろくなる。

「こうなんです」のところを、しっかり訴えれば、「こうなのに」という思いは、おのずと言外ににじむ。にじんだところを味わうことは、読者の喜びとなる。

立ち読みする少年を待ちくたびれてコンビニの前で傾く自転車

柏市　紺野葵

自転車の擬人化が効いて、なんでもない風景に、「ある時間」を取り込むことに成功している。とても魅力的な一首だ。

惜しいのは「待ちくたびれて」。この表現だと、「待ちくたびれたから、自転車は傾いている」という理屈になって、せっかくの「傾く」という描写が生かされない。

立ち読みする少年を待ちつづけおりコンビニの前で傾く自転車

これなら、どうだろう。待っていることと、傾くこととのあいだに、特に因果関係はつけられていない。が、「傾く」という表現から、「この自転車、なんか待ちくたびれちゃってるみたいだなあ」という感じが伝わってこないだろうか。そうなったとき、「傾く」という一語が、一語以上の働きをしたことになる。

かけ直すそう言ったから目をこすりつまんないのに深夜番組

町田市　石井春野

中途半端なまま、とだえてしまった会話。「かけ直す」という言葉は、優しそうでいて、実は残酷だ。なぜならそれは「こちらからかけるから、そっちからはかけなくていい」という意味も含むものだから。

それがいつなのか、わからないまま、ただ待つしかない切なさが、よく伝わってくる。時間つぶしのための「深夜番組」という具体的な言葉も効いている。これで、電話を待っているのが深夜だということもわかり、二人の関係が推し量られる。

こういう状況であるなら、楽しく深夜番組を見ているはずは、ないだろう。だから「つまんないのに」は言わずもがな。「つまんないのに見ているんです」と言われれば「それはそうでしょうね」で終わってしまう。特に「のに」は強い言い方なので、一首のなかでここに気持ちの重みがあるように感じられ、せっかくの切なさが薄れてしまう恨みもある。

かけ直すそう言ったから目をこすり見続けている深夜番組

つまんないのに、うっかり眠ってしまわないように、それだけのためにテレビをつけているんだなあということが、これで充分わかるだろう。

「元気でね」とひまわり色の声を出す　涙の淵に落ちそうなのに

大田原市　小関靖子

これも「のに」が、ひっかかる。「ひまわり色の声」という個性的な表現を通して、精一杯の明るさを演じていることが、ひしひしと感じられるいい歌なのだけれど。「のに」と言うことによって、無理をしている感じは伝わるのだが、それは「涙の淵に落ちそう」で、充分にわかることだ。「それなのに、それなのに、明るい声を出しているんです！」と訴えたいところを、ぐっと我慢してみよう。

「元気でね」とひまわり色の声を出す　涙の淵に落ちそうな夏

「のに」二文字ぶんのカットによって、季節を入れることができた。ひまわりからの連想で「夏」としてみたが、たとえば「朝」という時間を入れることもできるし、「駅」という場所を入れることもできる。

「のに」は、意外と読者に押しつけがましい印象を与えるので、注意したい表現だ。

添削2——意味の重なりに気をつけよう

「馬から落ちて落馬した」とまではいかなくても、同じような意味のことを、うっかり繰り返してしまうことがある。長文の場合でも、もちろん好ましくはないが、たった三十一文字しかつかえない短歌にとっては、非常に大きな損失となる。意識して重ねることはあるが、原則として、避けたいことの一つだ。

出番待つ踊り子ひしめき合うように白きスイトピー連なりて咲く

堺市　村崎圭

踊り子とスイトピーの連想は無理がなく、レースのチュチュが目に浮かぶ。単に踊り子に似ているというだけでは物足りないが、「出番を待っている」「ひしめき合っている」という要素がプラスされて、スイトピーの今が盛りの感じが、よく表された。「この歌の言葉の、どこが重なってるの？」と思われるかもしれない。この程度のことでも気をつけたいという意味で、あえてわかりにくい例をあげてみた。

出番を待ってひしめき合っている踊り子たちのように咲くスイトピーである。なら、当然連なっているだろう。連ならずには、そんなふうには咲けない。つまり、「連なりて」は、すでに描写済みのこと。この五文字ぶんを、もっと他のことに生かしたい。

出番待つ踊り子ひしめき合うように白きスイトピー咲く朝の道

一日のはじまりである「朝」を、出番を待つ様子に響かせてみた。「道」という場所を設定することで、読者はよりイメージしやすくなるだろう。「連なりて」が、必要なこともわかるかと思う。

まだすこし乾ききらないＴシャツを抱きしめてちょっと泣いた

大阪市　くろすぐり

背景にあるドラマを、さまざまに想像させるところが、この一首の魅力だ。誰のＴシャツなのか。なぜ、乾ききらないうちに抱きしめるのか。なぜ、泣くのか。書かれてはいないけれど、恋の匂いのするところが、読者をひきつける。

意味がダブッているところは、「すこし」。「乾ききらない」というのは、完全には乾いていなくて少し湿ったところが残っている状態をいう。「乾いていない」と「乾ききっていない」の違いを考えれば、「きっていない」に「残りあと少し」という意味が含まれていることが、わかるかと思う。

結句が字足らずなのも気になるので、それも添削の際に直してみよう。

まだ乾ききらないTシャツ抱きしめてちょっぴり泣いた夏の窓際

季節や場所をプラス……という添削ばかりでは、芸がないだろうか。

まだ乾ききらないTシャツ抱きしめてちょっぴり泣いた一人の部室

背景のドラマを刺激する要素を入れてみると、こんな感じになる。作者は、運動部のマネージャーかもしれない。

第9講

読者を信頼しよう
ものづくしという手法

【優秀作】

難しいことひらがなで書いてみる丸く結んでほどいてみる

柏市　紺野葵

【鑑賞】

同じ言葉でも、ひらがなで書かれているとやさしく見える不思議。それを結んでほどくという発想がおもしろい。困難にぶつかったときの、気持ちの切り替えがテーマだろう。結句の字足らずが、あっけなくほどける感じをよく出している。

添削1――読者を信頼しよう

短い言葉で表現するとき、果たして自分の思うところが、的確に伝わるかどうかということは、誰もが気になることだ。けれど、それを心配するあまり、くどく言いすぎたり、思いを「説明」してしまうと、かえって逆効果になる。

想像の余地を狭めるのではなく、想像が広がるような方向で、言葉をつかいたい。つまりそれは、読者を信頼するということだ。三十一文字で、なにもかもを言いつくすことはできない。けれど、たとえば円の31度分が正確に描かれていれば、残りの329度分は、読む人のほうで再現できる。もちろん、歌が常に円の一部のようなものというわけではなく、砂浜の無数の小石の一つであったり、目には見えない何かであったりもするのだけれど、どんな場合も、読者の想像力を信頼しない限り、とても三十一文字では完結できない。

投稿歌を読んでいると、「この部分は言われなくても、充分にわかる。ここを削って、他の要素を加えれば、もっと一首が豊かになるのになあ」と思うことが多い。そしてたいてい「この部分」に当たるところが、作者の言いたいところなのだ。そこを削る勇気を持てるかどうかで、だいぶ変わってくる。

オーバーに仕立ててみたらぬくかろう毛皮のようなススキの枯れ野

下関市　山元ときえ

ススキの枯れ野という寒々とした光景が「オーバーに仕立ててみたら」というユニークな発想によって、まったく別のものに見えてくる。新鮮な初冬の歌だ。

削りたいのは「ぬくかろう」である。作者は、まさにそう思ったのだろうけれど、オーバーに仕立ててみたら……と提案すれば、読者は「ぬくかろう」と思ってくれる、と信じよう。

読者の側だって、「ぬくかろう」と言われて「そうでしょうね」と相槌を打つよりは、自分で想像したほうがずっと楽しいし、気分もいい。

オーバーに仕立てて冬を歩きたい毛皮のようなススキの枯れ野

風景を眺めるだけでなく、歩くという行動を入れることによって、一首に動きが出る。

常連といえる仲ではないけれど「いつもの笑顔《やつ》」を注文したい

大崎市　浜露松草

常連となった店で「いつものやつ」と言えば決まった何かが出てくるように、君にも「いつもの笑顔を、今日もよろしく」と注文したい……。店と客との距離をはかる「常連」という言葉が、僕と君との距離をはかる気持ちに、うまく重ねられている。よくこなれて、効果的な比喩だ。

このまま「優秀作」のほうにあげてもいいぐらいの一首だが、「やつ」というルビが気になった。

ここは「いつもの笑顔」とだけ言えば充分だろう。常連という語と、「いつもの」という言い回しで、背景に「いつものヤツ」という表現があることは伝わるはずだ。「えがお」ではなく「やつ」と読ませることで、定型は守られるが、「えがお」の字余りは、この一首で一番大事な言葉を強調する効果がある。

ルビの活用は、目から歌を読む活字の時代ならではの楽しみではある。けれど歌は、基本的には耳から聞いて理解できるものでありたい。

添削2――ものづくしという手法

春のめだか雛の足あと山椒の実それらのものの一つかわが子

中城ふみ子

ものづくしといえば『枕草子』が思い浮かぶが、その「うつくしきもの」を彷彿とさせる一首である。

清少納言は「なにもなにも、ちひさきものはみなうつくし」と書いているが、小さきものを三つ並べて、「わが子」の小ささ、かわいらしさ、たよりなさ、かけがえのなさ……を、ふみ子は見事に歌いあげた。

「一つか」という疑問形も、子どもという存在の不可思議さを、よく伝えて効果的だ。いろいろ小さいものを並べてみたけれど、それらほどにもつかみどころのないような淡いものに思えてしまうのが、わが子なのである。

このように、共通するところのあるものを並べて、イメージを喚起させるという手法がある。簡潔に並べていくだけなので、文字数が節約できて、多くの情報を込めることができるのが、メリットの一つだ。とやかく理屈を言わず、選んで並べて、説得する。

当然、どういうものを選んで並べるかに、すべてがかかってくるわけで、そのセンスが普通すぎてはつまらないし、あまりに突飛では理解されない。

とやかく理屈を言わず、もう一首、例をあげてみよう。

宥《ゆる》されてわれは生みたし　硝子・貝・時計のやうに響きあふ子ら

水原紫苑

作者の思う「子」というもののイメージが、硝子・貝・時計というものの羅列で伝えられてくる。こわれやすくて、美しくて、透明で……。さらにそれらに「響きあふ」という動詞を組ませたところが、見どころだ。

あたたかいものに心がなごみます毛布湯豆腐ストーブと君

堺市　一條智美

「あたたかいもの」づくしの歌である。毛布湯豆腐ストーブ……と、誰もが連想する平凡なものをあえて並べ、最後に「君」を持ってきたところがポイントだ。ここで意表をつかれるところが、楽しい。

日常的なものと並ぶ「君」のイメージも、さまざまに誘われる。ものづくしの「もの選び」のほうは、これでよしとしよう。もったいないのは「心がなごみます」。添削1

と同じ主旨になるが、これほどあたたかいものを並べてもらえば、作者の心がなごむことは容易に想像がつく。

あたたかいもの欲しくなる十二月毛布湯豆腐ストーブと君

こうすると「君」へは片思いということになるが、羅列の効果が、よりはっきりと出るのではないだろうか。実はほんとうに欲しいのは君なんだという思いが出て、読者に訴える力も強くなる。

寒空に思い出すのはいつかの夜タバコの匂い君の横顔

横浜市　桃

失恋の歌だろう。もう二度と戻れない時間を思い、寒空を見上げる作者。とり戻したいものを並べることによって、とり戻せない切なさが浮かびあがる。

特に「タバコの匂い」が効いている。惜しいのは「いつかの夜」だ。ものづくしの場合、そのものにイメージの喚起を頼っているので、ものはできるだけ具体的なほうがいい。

寒空に思い出すのは出会いの夜タバコの匂い君の横顔
寒空に思い出すのは最後の夜タバコの匂い君の横顔

「いつかの夜」を具体的にしてみた。たとえばこの二首をくらべるだけで、ずいぶんイメージが違ってくるのがわかるかと思う。「出会いの夜」ならば、君の横顔は笑顔に、「最後の夜」ならば、君の横顔は寂しげに見えてくる。タバコを吸うシチュエーションも、それぞれ、想像される。並べるものの取り合わせによって、残りのもののイメージも影響を受けることがわかる例だ。

第10講

あと半歩のさじ加減を考えよう
時にはドラマチックに

【優秀作】

風にしてしまいたいから君からの言葉を小さく小さく破る

横須賀市　なお

【鑑賞】

さわやかな失恋の歌。誰のものでもなく、誰の目にも見えない風。「手紙」ではなく「言葉」としたことで、「心」を破くんだという気持ちが伝わってくる。小さく、のリフレインが、手作業を思い浮かばせるのも効果的だ。

添削1――あと半歩のさじ加減を考えよう

投稿歌を読んでいて、「あと半歩、踏み出せたら、いいのに」と思うことがある。また逆に「う〜ん、この半歩が余計かも。これをひっこめれば、感じがいいのに」と思うこともある。

どこまで表現するか、どこで表現を止めるかは、私自身も常に悩んでいる。しつこすぎず、あっさりしすぎず。料理の最後の塩加減のようなものについて、今回は考えてみよう。

空白の手帳に記す明日もなくガトーショコラはほろり苦くて

秋田市　落合朱美

恋の気分が濃厚に漂っている。恋ということを前面に出さずに、これだけ気分を伝えているところは、なかなかのものだ。彼との約束など書かれていない手帳と、ほろ苦いガトーショコラとの取り合わせが、効いている。つれづれの時間を、ケーキで過ごす女性の横顔が、くっきり見えてくる。

よくまとまっているのだが、欲を言うと、あと半歩踏み込んでほしい。「ほろり苦くて」と、あっさり言いさしの表現で終わるのも一つの手だが、これだけだと「寂しさ＝ほろ苦さ」という図式に、きっちりおさまってしまい、表現としては、やや弱いという印象だ。

空白の手帳に記す明日はなくガトーショコラの苦さ楽しむ

「明日も」を「明日は」にすることで、その現実をしっかり受けとめる姿勢が出る。

さらに、ただ苦いのではなく、苦さを楽しむとまで言うことによって（これが半歩）、作者の時間との向き合い方が、いっそうくっきりするのではないだろうか。読者にとっても、この半歩の積極性と意外性は、一首をより印象づけることになるだろう。

鉛筆を置く音がする窓ガラスに結露うっすらともう十二月　黒須紗理菜

これも、よくまとまった完成度の高い歌だ。第二句の「音がする」のところで切れるのだろう。今までよりなんとなく鉛筆を置く音が響くこと。これに気づいたところが、まず手柄だ。そしてそのことと窓ガラスの結露とを、一首のなかでぶつけることによって、繊細な季節感というものが、うまく出された。

惜しいなと思うのは「もう十二月」の部分である。確かに作者は、ごく自然にそう思ったのだろうが、この「もう」という感慨は、一首に必要ないのではないかと思われる。これだけ繊細な季節感を表現できたのだから、「もう」という半歩は引っこめた方がいい。

鉛筆を置く音がする窓ガラスに結露うっすら浮く十二月

「もう」と感じている作者に、姿を消していただいた。そうすることによって、読者は、より深くより直接的に、この季節感を味わうことができるのではないだろうか。

もどかしさ言うも言わぬも同じにて追い抜かんとす秋のビル風

東京都　yamatabi

言ってももどかしいし、言わなくてももどかしい……そんな気持ちを持って、秋のビル風と競争するように歩く作者。うすら寒い人間関係が、一見関係のないような下の句によって、うまく補強されている。

ただ「同じにて」と、理屈をつなげてゆく言い回しは、どうだろうか。ここが、半歩余分な感じがする。理屈上は関係のない上の句と下の句だ。そのことを、きっちり示したほうがいい。そのうえで、秋のビル風をぶつけたほうが、より効果的だろう。

もどかしさ言うも言わぬも同じなり追われ追い抜く秋のビル風

下の句のほうは、追い抜いていこうとするところから、さらに焦点をしぼって、追い抜くことにしてみた。言葉の調子も、上の句と対比するような形になっている。これは、半歩進んだ表現だ。

小さな手直しだが、半歩下がったり進んだりすることで、一首の輪郭が変わってくることが、わかるかと思う。

添削2――時にはドラマチックに

短歌という短い詩型が得意とすることの一つは、ささやかな日常のなかの、小さな感動をすくうこと。私自身も、これは一番大切にしたいと思っている。

が、時には、ドラマチックな歌を詠んでみるのもいい。それは、大げさな身ぶりを、ということではなく、背景に物語を感じさせる、ということだ。そういう歌というのは、それだけ読みの幅が広くなり、描かれていないところまで想像する楽しみが生まれる。読者からさまざまな想像を加えられることによって、歌もまた大きくなる。

「もしもし」の声で「風邪か?」と聞く君が好きだったとても好きだった

奈良市　桜井英

上の句、素晴らしくドラマチックだ。なんだ、電話で話すだけでドラマなの? と思われるかもしれないが、この短さに含まれている情報は、充分にドラマチックだ。「もしもし」という第一声で、彼は自分が誰だかわかってくれるのである。だから自信を持って、いきなり会話に入ってくる。

しかも「風邪か?」と言うからには、いつもと違う声なのだ。風邪気味の声でも、わかってくれるのである。で、いきなり心配してくれるのである。しかも、ちょっと、ぶっきらぼうな言い方で。

「君」のこういうところに、作者は惹かれているんだなあと、ひしひしと伝わってくる。

読んでいて、なかなかぐっとくるものがある。

惜しいのは下の句。上の句で、もう充分に「好き」なことはわかる。それをただ繰り返すのでは、字数がもったいない。過去形の表現であることから、もうその恋が終わったことは伝わってくる。そこのところを、もう少し盛り上げてはどうだろうか。

「もしもし」の声で「風邪か？」と聞く君が好きだった好きで終わってしまった

似たような表現だが、半歩進んで、告白もできずに終わった感じが出たのではないかと思う。後悔の念もにじんで、よりドラマチックになったのではないだろうか。こんなに好きで、風邪の声でもわかってもらえる距離にいながら、なぜ関係が進まなかったのだろう？　幼《おさな》なじみ？　別の女性の存在？　ふられるのが恐かった？

読者は思いを広げることができる。

チョコなどで与え尽くせる想いなの聖なる夜の恋人たちよ

東京都　浅草りん子

言いたいことは、とてもよくわかる。恋なんて、そんな生やさしいものじゃないでしょ、という気持ちだ。

けれどこのままでは、第三者の立場からの意見ということになり、迫力に欠けるうらみがある。恋を歌うなら、やはり観客ではなく、主人公になって歌ったほうが、ドラマチックだし、その訴えるところも伝わりやすい。

チョコなどで与え尽くせぬ想いなり聖なる夜の恋人になる

言っていることは同じだが、訴えかける力を、比べてみてほしい。

第11講

格言的なフレーズを生かすには「ような」をとって暗喩で勝負してみよう

【優秀作】

新しき日常となる歌つくりクロッカスの芽の朝のざわめき

各務原市　堀田桂

【鑑賞】

上の句と下の句との取り合わせ、その距離感が、とてもいい。日常のなかに「歌をつくる」という時間が生まれることで、ささやかなことにも敏感になれる。その象徴としてのクロッカスの芽が生きている。

添削1――格言的なフレーズを生かすには

人生の真実を言いあてたようなフレーズ、はっとするようないい言葉、あるいは身にしみる教訓……。そういう素晴らしい言葉が浮かんだら、短歌のなかで、ぜひ生かしてほしい。

ただし、短歌は格言ではないし、スローガンでもない。重みのある言葉を伝えるためには、短歌としての工夫が必要だ。

一番気をつけたいのは、格言的なフレーズだけで三十一文字を埋めてしまうこと。そうすると、ほんとうに格言みたいになってしまって、「はい、ごもっとも」で終わってしまう。（稀に成功例もあるが、それはかなりのウルトラC。難しい技と心得るべきだろう）

その深い言葉が生まれてきた背景や、そういう思いがよぎった情景など、なにか具体的な描写と寄り添わせることが、大事だ。すると抽象的なフレーズが、生き生きと息づき、説得力を持つようになる。

寄り添うということは一人一人でいる時も一人じゃないと思う気配

朝霞市　藤村ひさえ

読んでいて、心があたたかくなる一首だ。「気配」という言葉が、秀逸。この語が生きているので、このままでもかなり説得力があるが、一首の思いが過《よ》ぎった情景をプラスしてみてはどうだろうか。

同じ作者に絹さやの歌があったので、仮に次のようにしてみる。

絹さやの筋をとりつつ一人でも一人じゃないと思う気配あり

確かにこういう感覚を、作者が持ったのだという実感。そういうものが加わって、より心に響いてこないだろうか。

不安だと未来が怖いと泣かないで諦めなければ明日は死なない　　片倉寧夏

下の句「諦めなければ明日は死なない」が、印象的だ。人を勇気づけ、元気づける言葉だと思う。

同じように上の句も、抽象的に人を励ましているところが、重なってしまって惜しい。ここに、何か具体的な情景が見える言葉があれば、下の句が、より生きてくるだろう。

同じ作者の投稿作品から、具体的な上の句を借りてきて、つなげてみると、こんな具合だ。

通り雨上がったならば傘をたたもう諦めなければ明日は死なない

あるいは、こんな上の句もある。

聞かせよう寝物語をひとつだけ諦めなければ明日は死なない

それぞれ「通り雨上がったならば傘をたたもう雲の切れ間から夕日を見よう」「聞かせよう寝物語をひとつだけさあ満月よ雄弁に語れ」という歌から、上の句を拝借した。それぞれ、わかりやすくて気持ちの伝わってくる作品だが、上の句と下の句が、親切にくっつきすぎているきらいがある。もう少し思いきって、異質な上下をぶつけると、それぞれの句が生きてくるので、がんばってほしい。

添削2――「ような」をとって暗喩で勝負してみよう

「鉄のような心臓」「雪のような肌」といった具合に、あきらかに比喩とわかる表現が、直喩だ。いっぽう「鉄の心臓」「雪の肌」となると、これは暗喩。

どちらを選ぶかはケースバイケースだし、すべての直喩が暗喩に置き換わるとも限らない。

今回は、直喩を暗喩にしたほうがよさそうな例を、あげてみよう。単純に考えて「ような」をとれば、三文字節約になるので、そのぶん別の要素を加えて歌を広げることができる。また、例えるものと例えられるものを、ずばっと結ぶ暗喩のほうが、簡潔で強い印象がある。

とろとろと煮込んで溶け出すじゃがいものような気持ちになってる夕暮れ

横浜市　田井たい

雰囲気のある一首。煮込んで溶け出すじゃがいもというのも、ユニークな比喩だ。だが、状況がまったく記されていないので、待ちくたびれたような感じなのか、おだやかで満たされた気分なのか、はたまたどうでもいいというような投げやりな気分なのか……いま一つつかみきれない。どういう気分の例えなのかがわからないと、せっかくの比喩が、もったいないことになってしまう。

ここは「ような」をとって、たとえば誰かを待っているという状況を加えてみては、どうだろうか。

とろとろと煮込んで溶け出すじゃがいもの気持ちになって待つ夕まぐれ

待ちすぎて手持ちぶさたな感じと、煮込みすぎて溶け出すじゃがいもとが、うまく重なってくる。

あるいは「気持ち」さえカットしてもいい。

とろとろと煮込んで溶け出すじゃがいもになってあなたを待つ夕まぐれ

「あなたを」と入れることで、恋の気分が濃厚になった。もしかすると、恋人のためのじゃがいも料理なのかもしれない、といった想像もふくらむ。

もう一首、同じ作者の作品を。

たてがみがピンクの木馬に跨って揺られて揺れるような恋です

この歌の場合は、はっきりと「恋」という状況が設定されているので、先ほどの歌よりも、わかりやすい。

ピンクという色、木馬というメルヘンチックな素材からは、浮き浮きルンルンした恋が想像される。

ただ、これも「ような」をとることができる比喩だ。そのぶん、恋の状況や季節などを加えれば、いっそう浮き浮きルンルンが伝わるだろう。

たてがみがピンクの木馬に跨って揺られて揺れる恋です、四月

恋に、春の気分をプラスして、いっそう盛り上げてみたが、いかがだろうか。

君想う私の気持ちはトランプのハートの10のようだと気づき

秋田市　みちのみち

「ハートの10」という比喩が、微妙な心を、うまく例えている。つまりそれは「ハートのエース」や「ハートのキング」「ハートのクイーン」のように、思いきり情熱的な恋心ではない。かといって「ハートの2」とか「ハートの3」ほど冷めているのでもない。よくある言い方で言えば、友達以上恋人未満といったところだろうか。

中途半端な気持ちを、ずばっととらえて成功しているこの比喩を、さらに生かしたい。暗喩にして「ずばっと」感を増し、また結句の「気づき」という言いさしの表現も、「気づく」として、はっきりさせてみよう。

君想う私の気持ちはトランプのハートの10と気づく占い

「ようだ」をカットしたぶんで、トランプ占いという場面をプラスした。トランプ占いをしながら、自分の気持ちに気づいたという流れである。状況が見えてくると、比喩も受け入れやすくなる。

第12講
動詞にひと工夫してみよう
「は」と「が」で変わること

【優秀作】

十七の娘の恋のごとくあれ　アルデンテにてパスタを茹でる

横浜市　田井たい

【鑑賞】

針ほどの芯が残る、噛みごたえのある茹で加減が、アルデンテ。上の句は、自分を励ます言葉だろうか。パスタの茹で加減との距離感が絶妙だ。恋は、少し芯が残るくらい初々しいほうがいい。

添削1――動詞にひと工夫してみよう

「雨が……降る」「水が……流れる」「車が……走る」といった使い方は、ごくごく当たり前のものだ。動詞の使い方は、ある程度は慣用的に決まっているけれど、工夫の余地はじゅうぶんにある。動詞の使い方に心を砕くことによって、はっとするほど一首が新鮮になったり、微妙な感じが的確に伝わったりする。逆に、ありきたりな動詞ですませてしまうと、せっかく見どころのある歌が、平凡な印象になってしまうことも多い。

よもぎあんぱんの最後のひとくちを献上してもいいくらい好き

南あわじ市　トヨタエリ

少し前の投稿歌で、優秀作を最後まで争ったものだった。「よもぎあんぱん」という細やかな設定がいいし、なんといっても「献上しても」という動詞が効いている。

よもぎあんぱんの最後のひとくちをあげてしまってもいいくらい好き

たとえば、これでは、歌のおもしろみは半減してしまう。小さなことをわざと大げさに表現することで、照れ隠ししながらも、「好き」という気持ちを伝えるのが一首の見どころだ。その「わざと大げさに表現」ということを、献上するという動詞が、うまくサポートしている。

もやしの髭一本一本とりのぞく根気で君の嘘を数える

横浜市　作山さち

上の句が「根気」を引き出す序詞のような働きをしている。まさに「根気」にぴったりの表現で、迫力のある一首だ。

欲を言うと「数える」に一考の余地があるのではないだろうか。嘘から自然に出てきた動詞ではあろうが、ただ数えるだけでは、せっかくの「根気」の迫力が、生かしきれないように思う。

もやしの髭一本一本とりのぞく根気で君の嘘を見破る

相手の論理の矛盾やごまかしを、もやしの髭をとりのぞく丹念さで、チェックしてゆくのである。かなり恐い歌になった。

もやしの髭一本一本とりのぞく根気で君の嘘を味わう

相手の嘘を、苦い飴をなめるように味わう。辛いことではあっても、嘘を味わって、その辛さをくぐり抜けなくては、乗りこえられないものがある……そんな考え方の一首になる。

他にも、「確かめる」「調べる」「楽しむ」などなど、動詞の候補をあげることができる。一般的には「嘘」と結びつかない動詞でも、歌のなかでなら、思いがけない効果を発揮することがあるかもしれない。根気よく探してみてほしい。

さっき見た夢を互いに語り合う　二人を包むコーヒーの湯気

東京都　石井彩

人の夢の話ほどつまらないものはないと言われるが、それをお互いが楽しく聞けてしまうのが恋の力だ。ラブラブな二人の様子が、過不足なく伝わってくる。上の句と下の句の、距離感もいい。

ただ、もう少し歌としてのひっかかりをつけたほうが、より心に残る一首となるだろう。

さっき見た夢を互いに渡し合う　二人を包むコーヒーの湯気

たとえば、動詞をこんなふうにしてみると、夢を語り合う時間の特別な感じというのが、より濃く出せるのではないだろうか。

いつまでもひとつ悩みが消えなくて　こころに一本補助線引いた

大津市　野々口和仁

解決の糸口が、なかなか見つからないとき、別の視点を持ち込むことによって、「あっ、こんなことだったのか」と思えることがある。その喩えとしての「補助線」が、とても魅力的な一首だ。

せっかくなので、補助線の比喩が、さらに生きるように、上の句の動詞も工夫してみたい。

いつまでもひとつ悩みが解けなくて　こころに一本補助線引いた

「悩みが解けない」とはあまり言わないが、補助線の比喩があるので、ちょっとひねった表現として成立する。と、同時に、問題がこんがらがっている感じも出せる。ますます補助線の魅力が出てきたので、この語を最大限印象づけるために、体言止めにするのも方法だ。

いつまでもひとつ悩みが解けなくて　こころに一本引いた補助線

添削2――「は」と「が」で変わること

日本語の特徴のひとつに数えられるのが「助詞」だ。たった一文字か二文字だけれど、言葉と言葉をどう接着してどう展開させるか。表現における助詞の役割は、大きい。「考える短歌」連載のスタートは「『も』があったら疑ってみよう」だった。今回は「は」と「が」に注目してみたい。

「は」は係助詞で、話題としてとりたてる働き、格助詞「が」は主語を表す……といった文法的なことも、知っていて役に立たないわけではないが、実作の場面では、とにかく両者を入れ替えて、味わいを比べることが大切だ。多くの場合、文法的には、「は」でも「が」でも間違いではない。では文学的には、どちらがいいのかを、考えなくてはならない。

「でも」「だけど」心をふさぐビー玉が入ったラムネは君の右手に

京都市　ハマー☆

「でも」や「だけど」という言葉で会話をはじめてしまったら、前には進めない。その逆接の接続詞を、ラムネ瓶のなかのビー玉にたとえ、「心をふさぐ」と表現した手腕はなかなかのもの。

ここで気になるのは、第四句の「は」だ。ラムネは……としてしまうと、「心をふさぐビー玉が入ったラムネ」というものが、一般的にあって、その一つを君が今手にしている……というニュアンスになってしまう。

せっかくの独創的な比喩が、これではもったいない。君の手のなかには、そういうラムネ「が」ある、というもっていきかたのほうが、比喩の迫力が出る。

「でも」「だけど」心をふさぐビー玉の入ったラムネが君の右手に

「が」は強い音なので、二回つづくと響きが気になる。第三句は「の」に変えたほうがいいだろう。

高瀬川桜の花が流れゆく恋の涙も姿を変えて

四條畷市　千葉昌美

落花の美しさとはかなさに、恋の涙の化身を見る……妖しい魅力のある一首だ。この歌の主役は、無数の桜の花ではなく、そのなかの「恋の涙」が姿を変えた花びらのほうだ。それなのに最初に、桜の花「が」としてしまうと、こちらのほうに注目が集まってしまう。

高瀬川桜の花は流れゆく恋の涙も姿を変えて

「は」と「が」のニュアンスの違いは、実際に推敲の過程で比べてみるのが一番だ。ちなみに、投稿歌を見ていると、「は」を「が」に変えたほうがいい場合のほうが、「が」を「は」に変えたほうがいい場合よりも、ずっと多い。一般論で終わらせないほうが、魅力的に見えるということなのだと思う。

第13講

リズムをとるか助詞をとるか
動詞をさらに工夫してみよう

【優秀作】

黒皮のショルダーバッグの奥底の切符の日付をたどる日曜

横浜市　田井たい

【鑑賞】

古い切符を見つけて「あれ、どこに出かけたっけ？」と思いをめぐらす……誰にでもあるささいなことだが、「黒皮」「奥底」など、ちょっとミステリアスな言葉で演出したところがおもしろい。初句から「日付」まで、ぐんぐん焦点が絞られてゆく感じも心地よい。

添削1――リズムをとるか助詞をとるか

以下の投稿歌を、まず読んでみてほしい。共通することは、なんだろうか。

また来るねホームたたずみ上り線私好きだよ君のいた街
群馬県　高橋千恵

ペダルない自転車乗って転んでたあの少年が坂道をゆく
富士見市　荒巻真由子

「打ちまくれ!」きみ叫ぶたび細胞が目覚めて困るライトスタンド
西尾市　よる

ベビーカー新緑眺め押す刹那　車椅子乗る私が見えた

東京都　空野花

いずれの歌も、ぴったり五七五七七におさまっている。が、どこか舌足らずな感じがしないだろうか。

理由は、五七五七七におさめようとして、助詞を省略しているためだ。そこが、この四首の共通点である。

日本語は、ある程度助詞を省略しても、意味は伝わる。この四首の例でも、読みながら私たちは「ホーム（に）たたずみ」とか「ペダル（の）ない」とか「きみ（が）叫ぶたび」とか「車椅子（に）乗る」というように、無意識に助詞を補っている。

が、リズムがぴったりで心地よいと感じるよりは、どことなく子どものしゃべりかたのような（子どもはよく、名詞や動詞だけを並べて話をする……「ぼく、こうえん、いく」というような感じで）印象を持ってしまう。

定型を守ろうという気持ちは、基本的に一番大切なことだ。が、そのために助詞を省くのは避けたい。助詞は、日本語の要《かなめ》でありつつ、音としては軽く、それほど出しゃばりではない。そのうえ、ものすごく見慣れたものなので、一字余ったとしても、あまり気にならない。むしろ、「あるはずのものがない」「無意識にせよ、それを補わなくてはならない」というほうが、読者に負担をかけてしまうことになる。

助詞ではないものが余っている字余りと、比べてみても、それは明らかだ。

踏まれながら花咲かせたり大葉子《おほばこ》もやることをやつてゐるではないか　安立スハル

初句の「踏まれながら」はインパクトのある字余りだ。踏まれても踏まれてもという大葉子の根性というか、がんばりが、この字余りによって表現されている。

ちなみに、第四句の「やることをやつて」は、一拍余っているが、それほど気にならない。逆に助詞の「を」をとって「やることやつて」として、リズムを整えたとしたら、どうだろう。なんだかきちんとしない印象だ。それこそ「やることをやつて」いない感じになってしまう。

また来るねホームにたたずみ上り線私は好きだよ君のいた街

ペダルのない自転車に乗って転んでたあの少年が坂道をゆく

「打ちまくれ！」きみが叫ぶたび細胞が目覚めて困るライトスタンド

ベビーカー新緑眺め押す刹那　車椅子に乗る私が見えた

それぞれ助詞を補ってみたが、このほうが日本語としてすらりと読めるのではないだろうか。この四首は、たまたま今回の投稿歌にあったものだが、毎回このように、定型を守ろうとするあまり、助詞を省いている歌は数多く見られる。助詞は、てっとりばやくカットできるものだが、カットの前後で必ず作品を見比べてみよう。いれたほうが、支えられている名詞たちの首がすわるというか、居場所が鮮明になるというか、そう実感されることが多いはずだ。

添削2——動詞をさらに工夫してみよう

前回「動詞にひと工夫してみよう」という項目を設け、「嘘を数える」を「嘘を見破る」や「嘘を味わう」などに変えてみる提案をした。するとも（その提案のおかげかどうかは、わからないけれど）今回の投稿歌の中に、さらに動詞への工夫をこらした作品があって、感心させられた。

発泡酒カンから私に移し替え今日の一日《ひとひ》の仕事を終える

堺市　村崎圭

発泡酒を「飲む」という行為を「カンから私に移し替え」と詠んでいる。まるで、カンからコップに移し替えるかのように、無造作に。

つまり「私」は、ものすごく機械的に、歯を磨くとか電気を消すとか、そういう行為と同じように「飲んで」いる。その感じが、実によく出ている。

普通、一日の終わりのビールといえば、ぷはーっと一息ついて、生き返る〜というようなイメージが（私だけだろうか？　いやそうではないだろう）あるものだ。そこを、軽々と裏切って、自分は単にビールの入れ物とでもいうような表現をしているところが、まことに新鮮だ。確かに発泡酒の側からいえば、居場所が、カンから人体に移動したということなのだが。

「飲む」という動詞を、簡単に使ってしまうのではなく、そこを表現の肝にして、この一首は独特の光を放っている。これは「一工夫」の域をはるかに超えていると思った。


静寂を経て歩き出す蟻たちの喧噪映す夏の網膜

東京都　空野花

ごじゃらごじゃらと忙しそうに、黙々と働いている蟻たちの様子を「見た」とは言わず「網膜」に「映す」と表現している。この歌もまた、工夫を超えた動詞の使い方が魅力だ。

「見る」というのは、科学的に言えば「網膜に映す」ことではあるが、この歌の場合、ただカッコよく言いかえただけではない。こう表現することによって、そのシーンを、一枚の絵として脳裏に焼きつける感じが出る（ここは、大事なところ。ただカッコよく言いかえるだけではダメなのです）。

黒々とした蟻たちが一枚の絵として見えるとき、蟻たちの「喧噪」という、実際はありえない比喩が、急に説得力を持って迫ってくる。音ではなく、目に訴えてくる喧噪である。

惜しいのは、「静寂を経て歩き出す」の部分。たぶんここで意味は切れるのだろう。が、頭から読んでいくと「歩き出す蟻」というように、蟻にかかる動詞かと思われやすい。

「私はそれまでの静寂を経て歩き出す。蟻たちの喧噪を網膜に映して」というのが歌意だと思うが、今あげたような誤解を招きやすい語順になっている。

ここは思いきって、蟻たちを見たところだけを切り取って、一首に仕上げたほうが、網膜や喧噪といった言葉の選びが、より生きてくるのではないだろうか。

静寂のなかの散歩に蟻たちの喧噪映す夏の網膜

「経て」「歩き出す」という動詞を削ったことにより、「映す」という動詞が、まぎれもない主役となった。

場面としては、蟻を見ているところだけになり、下の句の斬新さが、さらに際立つのではないだろうか。

第14講
主役は一人にしよう
語順をよく確認して仕上げよう

【優秀作】

わかちあうものまた一つ減る春に娘は花の名のシャンプーを買う

横浜市　田井たい

【鑑賞】

親と共用のシャンプーではなく、自分専用のものを買うようになった娘。作者としては、娘の成長を喜ぶ気持ちと、少し寂しいような気持ちと、両方あるのだろう。具体的なできごとを取り入れることによって、思いが的確に伝わってくる。「花の名」も、娘らしさをにじませて効果的だ。

添削1――主役は一人にしよう

三十一文字という短さのなかでは、基本的には主役は一人で充分だ。もちろん例外は、ある。

ひとつは、鮮やかな対比で読ませる場合。A対Bの構図が、見どころとなるならば、AもBも主役でかまわない。主役というのは人間に限らず、AやBは、色であったり、モノであったり、できごとであったりしてもオッケーだ。

また、モノやコトを並列して、おもしろさを出す場合。こういうときも、どれが主役かは決めづらい。芝居でいえば、群像劇のようなものかもしれない。

そういった例外はあるものの、AもBもと欲ばってしまうと、結果、虻蜂《あぶはち》取らずになってしまうので注意しよう。自分が、もっとも表現したいのは、AなのかBなのか。それを決める過程で、心の整理が進む。これこそが、短詩型のいいところで、何文字でもいいよということになると、AもBもCもDもと、なってしまう。AかBかCかDか。

内容についても、言葉の選択についても、そういう厳しさが自ずと生まれるのが、短い詩を作る醍醐味でもある。

コクありき田苑もよし一片のカシスのチョコのすっぱさもよし

吹田市　青嵐

まずは、わかりやすい例を一首。田苑は、焼酎の銘柄だ。「ベートーヴェンの田園を聴いて一段とおいしくなりました」のキャッチフレーズで、よく知られている。作者自身が「田苑もよし」「すっぱさもよし」と「も」で並べているように、この歌の中では、焼酎とチョコが、同じ重みの主役になってしまっている。「だって、どっちも、よかったんだもん」と思われるかもしれない。が、どっちもよかったことは、日記に書くのならよいけれど、短歌にするなら、心を厳しくして、どちらかを主役にしたほうがいい。そのほうが伝わるし、インパクトもある。

ちなみに、先ほど「焼酎とチョコ」と書いていて、これはなかなかおもしろい取り合わせだなあと思った。ブランデーとチョコとか、シャンパンとチョコなら、よく聞くが、焼酎は珍しい。ならば、この「取り合わせ」を眼目にしてみてはどうだろうか。

コクのある田苑のよし一片のカシスのチョコのすっぱさ添えて

カシスチョコは脇役になったけれど、主役の田苑は、まことに美味しそうだ。

咲くならばさくらのように咲きたくて散るはぼたんか椿と決めて

福岡市　逢坂由香里

生き方を、花のありように重ねる発想はいいのだけれど、これはかなり欲ばった歌になってしまった。

まず「咲く」と「散る」の重みが同じで、両者が主役になっている。さらに、「散る」のなかでも「ぼたん」と「椿」が並んでいる。

咲くならばさくらのように咲きたくて散るならばふいに椿のように

ひとまず、「散る」ほうを一つに整理してみた。咲くなら桜のように一気に咲いて、散るならふっと首を落とす椿のように……いずれも、いさぎよく生きたいという作者の願いだろう。

しかし「いさぎよく生きたい」という思いなら、「桜のように咲きたい」というフレーズで、充分伝わるのではないだろうか。桜のように咲くということは、桜のように散るということをも含んでいる。そう思えば、下の句は、「散る」を追わずに、表現をふくらませることに使いたい。

上の句を主役にして、それを支える下の句を考えてみよう。

咲くならばさくらのように咲きたくて春の河原にあなたを待てり

どういう状況で、作者が上の句のような願いを持ったか。それを知らせるのも、表現の補強になる。

もう少し過激に、「桜らしさ」を追求してみようか。

咲くならばさくらのように咲きたくて日に十通のメールを送る

十通も送っていたら、あっというまに散りそうではあるけれど、上の句の比喩を、こんなふうに受けてみるのも一つの方法だ。

添削2――語順をよく確認して仕上げよう

短歌は、当然のことながら五七五七七……と、頭から読まれていくものだ。一首が完成したと思ったら、まずは何の情報もない読者の気持ちになって、頭から読みなおしてみよう。

日本語は、比較的語順が自由だ。たとえば英語の「I love you」は、「I you love」になってしまったら、意味が通じない。日本語なら「私は、あなたを愛しています」でも「私は愛しています、あなたを」でも意味は通じる。ちょっと苦しいが「愛していま す、あなたを、私は」でも、一応なんとかなる。大変便利だが、表現というのは、ただ意味が通じればいいというものではない。

そこで考えなくてはならないのは「これがベストの語順か？」ということだ。五七五七七の中でも、かなりの語順は入れ替えが可能である。ぜひ、「頭から、まっさらな目で読みなおす」ということをしていただきたい。その時に、わかりにくくないかをチェックしよう。全体を読み終わってから、やっとわかるのではなく、読みながら、すっと頭に入ってくる語順が、望ましい。

出張に君が行くたび買ってくる吾がコレクションご当地キティ

京都市　朝倉遙

あちこちに出張に行く君のお土産「ご当地キティ」。それがたまっていくことで、二人の時間の積み重ねが、目に見える形で感じられる。そのことが、楽しいキャラクターで表現された。ただ、このままだと、頭から読んでいったとき「買ってくる」の主語がわかりにくい。「吾」が何かを買うのかな、と一瞬ではあるが、読めてしまうのだ。意味は、まったく同じだが、次のようにしたほうが、わかりやすいだろう。

出張に行くたび君が買ってくる吾がコレクションご当地キティ

もう一首、例をあげてみよう。

簾越し庭木の緑空の青突き抜けてくる端午の節句

半田市　フカイイクコ

簾《すだれ》越しという目の付けどころが、いい。間接的であっても感じられる強烈な季節感。

「突き抜けてくる」といった強い動詞も効果的だ。

ただ、前半を読んでいるときには、簾越しに内側から外側へ視線が向いているのに対し、後半になると、光が外側から内側へ向かってくるので、やや戸惑ってしまう。もちろん、何度か読めば、作者の意図するところはわかるのだが、何度も読んでくれない読者だっている。そういう読者の目で、仕上げをするのである。

簾越し突き抜けてくる空の青庭木の緑端午の節句

語順を変えただけで、言葉はまったく元のまま。それでも、ずいぶんわかりやすく、スッキリした印象になったのではないだろうか。

第15講

「できごと＋思い」という構造
旅の歌を詠んでみよう

【優秀作】

三枚の風景切手に伴されて牧水歌集は海わたり来ぬ

奄美市　浜田ゆり子

【鑑賞】

書籍小包に貼られた切手という着眼点が、おもしろい。切手に描かれた風景が、海を越えてやってきた歌集の「旅」を自然に思わせる。若山牧水は旅を愛し、海を多く詠んだ歌人だ。固有名詞としての牧水が、一首のなかでうまく生かされている。

添削1――「できごと＋思い」という構造

できごとだけを述べて成立している短歌がある。その場合は、できごとの切り取り方が、勝負どころとなる。切り口がありきたりだと、新聞の見出しみたいになってしまうから要注意だ。

いっぽう、思いだけを述べて成立している短歌もある。これは、できごとだけの短歌よりもさらに難しく、思いの迫力がどれほど人を説得できるかにかかっている。深い人生の裏打ちがないと、なかなか「思い」百パーセントを人に手渡すことはできない。

そして、多くの短歌は、できごとと思いとがミックスされてできあがっている。わかりやすく言うと「こういうことがあった（できごと）」そして「こう思った」という構図である。

伝え方としてはオーソドックスで、特に初心のかたにはおすすめの方法だ。ただし初心者にありがちなのが「こう思った」の部分を簡単にまとめてしまうこと。短歌に詠もうというぐらいだから、できごとにはその人なりのインパクトがある。だから割とできごとのほうは、うまく描けることが多い。が、「思い」のほうを安易にまとめてしまうと、できごとまでが安っぽく見えてしまうから要注意だ。

おかあさん子供が私を呼んでいるドロップみたいな甘い声で

半田市　青山郁子

上の句が、できごとだ。子供が自分を「おかあさん」と呼んでいる。そして「ああ、ドロップみたいな甘い声だなあ」と作者は思った。

母親というのは、日に数えきれないぐらい子供に呼ばれるものだ。そういう日常的なことを、歌にしたいと思ったところが、まず素晴らしい。作者が短歌を作っていなかったら、この「おかあさん」は一瞬で消えてしまうことだろう。

惜しいのは「甘い」の形容として「ドロップみたいな」という比喩を使ったところ。ドロップみたいに甘いというのは、表現としては簡単すぎる。

が、見どころがないわけではなく、子供の声とドロップのとりあわせというのは、自然さがある。このドロップを生かしつつ、もう一工夫してみてはいかがだろうか。

「おかあさん」子供が私を呼んでいるドロップを舌でころがすように

こうすると「おかあさん」という言葉そのものがドロップになり、表現のおもしろさが加わる。読むときに、なんというかこういう「表現のおみやげ」的なものがあることによって、読者は作品世界にひきこまれるということがある。これは、覚えておいていいかと思う。

あの夢の王国よりも夢のよう君と並んで飲んでいる今

東京都　坂上杏

今度は下の句の「君と並んで飲んでいる今」ができごとだ。そして作者は「あの夢の王国よりも夢のよう」と思った。

あこがれの君と、まるでよくあるカップルのように、並んでお酒を飲んでいる……そのシチュエーションじたいがもう、信じられないし、気絶しそうなぐらい嬉しいという気持ちなのだろう。だからこそ作者は、短歌にしようと思った。

できごとのところ、「君と並んで飲んでいる」で終わらせずに「今」という語をもってきたところは、とてもいい。信じられない！　という気持ちが臨場感を持って伝わってくる。あとはメインの「思い」の表現だ。

第2講で、「あの」と書いて「どの？」と言われないようにしよう……ということを書いた。作者にとっては「あの」としか言いようのない、そして「あの」ですべてが表現しつくされる「夢の王国」なのだろう。だが、読者には、その内容を知るすべがない。

また、うれしいできごとを「夢のよう」というのは、何も言っていないに等しい。ただ「王国」というのは、恋愛のシチュエーションを表すのに、ちょっと新鮮な語彙だ。

これを生かす方向で推敲してみよう。

王国の建設はもう始まった君と並んで飲んでいる今

王国は真夏の渋谷三軒目君と並んで飲んでいる今

当事者でないので、状況はフィクションで考えるしかないが、少しはおみやげが増えたのではないだろうか。

添削2——旅の歌を詠んでみよう

現代は、交通手段の発達によって、旅が非常に身近なものになった。もちろん、物理的に遠くへ行くことだけが旅ではないし、旅が身近になったぶん「旅情」が感じられにくくなっているという面もある。「考える短歌」への投稿者が比較的若い世代ということもあるのかもしれないが、旅の歌は少なめだ。が、若いときにしかできない旅も多くあるだろうし、旅というのは、万葉の昔から短歌の大きなテーマだ。ぜひ、積極的にトライしてほしいなと思う。

冬うさぎ眩しき川面を渡りたる出雲の国の朝の情景

さいたま市　塚越健一

幻想的な上の句が心に残る一首。出雲《いずも》神話の一つ、因幡《いなば》の白兎を彷彿とさせて巧みだ。惜しいのは結句の「朝の情景」。もちろん情景を描いているのだけれど、こういうふうに「これは情景ですよ」と額縁を付けてしまうと、一首がまさに額縁の中の絵のような疎遠な感じになってしまう。これは、もったいない。

せっかく旅をしているのだから、そしてこんなに素敵な幻影を見ているのだから、作者自身もぜひ、この絵画のなかの一人となってほしい。

冬うさぎ眩しき川面を渡りけり出雲の国の朝を歩けば

旅の歌には、このように動きのある「我」を登場させると、一首が生き生きとしたものになることが多い。

まち歩く旅人に我も混じらんと綿雪落ちる小樽運河

豊中市　大村桃子

動きのある「我」。そして小樽運河という固有名詞も、雰囲気を盛り上げてくれている。まだ日常をひきずっていて、旅人の気分になりきっていない感じも、よく伝わってくる。

ほぼ完成形の歌だと思うが、「混じらんと」を受ける言葉がないのは、大ざっぱだ。結句の「オタルウンガ」は、字足らずでもある。

まち歩く旅人に我も混じらんとすれば綿雪、小樽運河は

細かい手直しだが、ずいぶんすっきりしたのではないかと思う。こんな一首の添えられた絵葉書が、小樽の消印付きで届いたら、グッとくるのではないだろうか。

ただ一人車走らせ向かいおり美瑛の大地富良野の大地

札幌市　三上和仁

「大地」のリフレインが心地よいリズムを生み出し、さわやかな風を感じさせる旅の歌だ。美瑛や富良野というポピュラーな固有名詞も、効いている。ちょっと広告っぽい調子のよさを感じる下の句だが、作者がそこへ向かっている途中だから、許される。まだ見ぬ大地のイメージが、広告っぽさで伝わるという利点がある。今回の優秀作にとりたかったが、唯一「ただ」が気になった。ここに込められた思い入れは、読者を遠ざけるのではないだろうか。

一人乗りバイク走らせ向かいおり美瑛の大地富良野の大地

第16講

季節の変わり目をとらえよう
歌の並べ方を考えよう

【優秀作】

シーサーの阿吽の息に別れ来し那覇の港の青き夕暮れ

仙台市　尾塩真里

【鑑賞】

シーサー（沖縄の魔よけの像）が沖縄を舞台にした恋の歌を、うまく演出している。阿《あ》と吽《うん》の番《つがい》で一組だが、そのシーサーの表す阿吽が、阿吽の呼吸での二人の別れに、なめらかに繋がるところが見どころだ。

添削1——季節の変わり目をとらえよう

日本は四季の変化に恵まれた国。短歌は、千年以上前から、その四季折々の自然の表情をとらえ続けてきた。現代短歌に取り組もうという人も、ぜひ季節の歌をテーマの一つとしてチャレンジしてみてほしい。昔ながらの季節感には風情があっていいし、現代ならではの季節感も新鮮だ。春、夏、秋、冬。それぞれど真ん中の季節感も悪くないが、ある季節に「なりかけ」や、ある季節の「終わりかけ」という微妙なところをすくい取るのも、おもしろい。短歌は、そういう繊細な感覚に対応することを得意とする形式でもある。

秋きぬと目にはさやかに見えねども風のおとにぞおどろかれぬる

藤原敏行（『古今和歌集』）

紅葉などの秋ど真ん中にはまだいたっていない時期、目ではっきりとした秋は見えないが、風の音のなかに、秋の気配を感じるという。「なりかけ」をとらえた名歌だ。

馬追虫《うまおひ》の髭のそよろに来る秋はまなこを閉ぢて想ひ見るべし　長塚節

これもまた、近づく秋を味わう一首。あの虫の髭のようにそろりそろりと忍び寄る秋は、目を閉じて想い見るのがよい……。

今回、投稿の期間がちょうど「夏から秋へ」という時期だったため、そのあたりの季節感をとらえた作品が多かった。

八月をビリッと落とし月日ってこんなに長いものだったんだ　甲府市　テル

カレンダーという言葉を出さずに、みごとにカレンダーを詠んでいるところが魅力だ。一枚の紙に並んだ数字を眺めつつ、この夏をふり返る感じもよく出ている。そして次に現れた九月の存在までも、読者に伝えてしまっているところなど、さらに心憎い。優秀作にとりたい一首だったが、「落とし」が惜しかった。下の句が口語でやわらかい感じになっているので、ここはたらたらっとつなぐのではなく、第二句でしっかり切ったほうが、いいだろう。

八月をビリッと落とす月日ってこんなに長いものだったんだ

ほんの一文字の違いだが、結句の印象までが違ってくる。

太陽の光が部屋にのぞきこみ秋になったと気づく絨毯

小金井市　田山慧

秋になると、太陽の光が部屋のなかまで入るようになる。季節によるその変化を敏感に受けとめたところ、なかなかいい歌だ。ただ、「のぞきこみ」↓「気づく」という流れがやや説明的だ。ここは、素直に情景描写としてまとめたほうが、効果があがるのではないだろうか。

太陽の光が部屋の絨毯を昨日より深くのぞきこむ秋

太陽を擬人化した「のぞきこむ」という動詞のおもしろさも、このほうがより目立つようだ。

夏と秋　浅い蜜柑の香のような線が引かれた瞬間の朝

吹田市　あらさと

夏と秋の境目に、「浅い蜜柑《みかん》の香のような線が引かれた」という感覚が、素晴らしい。

作者自身も「浅い」と言っているように、それほどくっきりしたものではないところが「季節の変わり目」ならではだ。その感じと「瞬間」というくっきりした語が、そぐわないように思われるところが残念だ。

夏と秋　浅い蜜柑の香のような線が引かれて朝を迎える

「瞬間」という語をとって、おだやかに着地させてみると、こんな感じだろうか。もちろん、高村光太郎の詩の一節のように「きつぱりと冬が来た」というような場合もある。「瞬間」のほうを生かして、この歌も、きっぱりの方向で推敲する手もあるだろう。

添削2――歌の並べ方を考えよう

現代短歌では、媒体が雑誌や新聞であることが多いため、一首だけを発表することは少なく、何首かをまとめて読んでもらうことが多い。何首かのまとまりを「連作」というが、今回はその並べ方について、触れてみたい。
「考える短歌」への投稿も、葉書よりメールが圧倒的に増えたためか、連作単位での投稿が多くなった。誌面では、まとまった数を紹介することは、なかなか難しいけれど、でもせっかく連作を作るなら「順番」ということも考えてみては？　と思うのだ。

自転車で夏駆け抜ける子ら乗せて熱風よ愛せ母の肉体
美容師のあなたに腰をおろす吾手梳《てぐし》の愛撫何人目の客
花畑さそえないからひまわりと君を予約の地下へ降りゆく

草加市　玉置統子

どの歌にも熱い思いがあるのがわかるし、特に三首目の「ひまわりと君を予約」という表現が光っている。これらを独立した一首一首として楽しんでもいいのだが、この三首を次のように並べるとどうだろうか。

花畑さそえないからひまわりと君を予約の地下へ降りゆく

美容師のあなたに腰をおろす吾手梳《てぐし》の愛撫何人目の客

自転車で夏駆け抜ける子ら乗せて熱風よ愛せ母の肉体

「美容師にひそかな恋をしているお母さん」というストーリーが急に浮かび上がってくる。「君を予約の地下」が美容院で、髪を触ってもらうことを愛撫と感じ（でも、それは誰にでもしていることとも思い）、子どもという現実を乗せて走る自転車の上には、母の生々しい肉体がある……。

一首目があるから、二首目の状況がよりリアルに、二首目があるから、三首目の「熱風よ愛せ」がより切実に、伝わってこないだろうか。

何をやっているかと聞かれても答えようのない二十一歳

益田市　京

胸の暗雲ペンに滲ませ綴ります返事はいつでもいいですからと

あなたのメール圏外に塞がれ手紙のはやさで返信するわ

この連作も、一首目を最後に持ってきてみよう。

胸の暗雲ペンに滲ませ綴ります返事はいつでもいいですからと

あなたのメール圏外に塞がれ手紙のはやさで返信するわ

何をやっているかと聞かれても答えようのない二十一歳

一首目と二首目のあとに読むと、「何をやっているか」に自問自答のようなニュアンスが生まれて、より効果的だ。

短歌は、一首一首の独立が、もちろん基本だが、このように並べ方によって、微妙な陰翳が出せることがある。連作の並べ方を考えるのは、一首一首の推敲が終わった後の、最後のお楽しみともいえるだろう。置く場所によって変化する歌の表情を、ぜひ自分の作品で確認してみてほしい。

「考える短歌」　季刊「考える人」二〇〇四年夏号〜二〇〇九年冬号連載

俵 万智　1962(昭和37)年、大阪府生まれ。歌人。早稲田大学で佐佐木幸綱氏の影響を受け、短歌を始める。86年角川短歌賞、88年現代歌人協会賞を受賞。歌集に『サラダ記念日』『プーさんの鼻』など。

Ⓢ新潮新書

511

短歌《たんか》のレシピ

著 者　俵 万智《たわらまち》

2013年3月20日　発行
2025年6月30日　2刷

発行者　佐 藤 隆 信

発行所　株式会社新潮社

〒162-8711　東京都新宿区矢来町71番地
編集部(03)3266-5430　読者係(03)3266-5111
http://www.shinchosha.co.jp

印刷所　大日本印刷株式会社

製本所　加藤製本株式会社

ISBN978-4-10-610511-1　C0292

価格はカバーに表示してあります。

Ⓢ新潮新書

051
エルメス
戸矢理衣奈
価格・品質・人気、すべて別格。160余年の伝統とたゆまぬ革新、卓越した職人技、徹底した同族経営、そして知られざる日本との深いかかわり――。最強ブランドの勝因に迫る！

371
編集者の仕事
本の魂は細部に宿る
柴田光滋
昔ながらの「紙の本」には、電子書籍にない魅力と機能性がある！ カバーから奥付まで、随所に配された工夫と職人技の数々を、編集歴四十余年のベテランが語り尽くす。

058
40歳からの仕事術
山本真司
学習意欲はあれど、時間はなし。40代ビジネスマンの蓄積を最大限に活かすのは「戦略」だ。いまさらMBAでもない大人のために、赤提灯のビジネススクール開校！

1028
完全版
創価学会
島田裕巳
池田大作という絶対的カリスマ亡き後の展開は？ 国民の7人に1人が会員ともいわれる巨大宗教団体を、歴史、組織、人物から明快に読み解いたロングセラー・増補決定版！

091
嫉妬の世界史
山内昌之
時代を変えたのは、いつも男の妬心だった。妨害、追放、そして殺戮……。古今東西の英雄を、名君を、独裁者をも苦しめ惑わせた、亡国の激情を通して歴史を読み直す。